Les grandes œuvres de la philosophie ancienne

Thierry Gontier

Ancien élève de l'École normale supérieure
Agrégé de philosophie

MÉMO

Seuil

MÉMO

COLLECTION DIRIGÉE PAR JACQUES GÉNÉREUX ET EDMOND BLANC

ISBN 2-02-023030-5

SOMMAIRE

PRÉSENTATION

Il n'est pas inutile de répéter l'importance de la réflexion sur les grandes pensées philosophiques, telles qu'elles nous ont été transmises dans les œuvres depuis le IVe siècle av. J.-C. à nos jours. Il ne s'agit certes pas de penser *comme* les auteurs passés, mais de penser *avec* eux. La lecture de simples extraits isolés de leur contexte, telle qu'elle est proposée par les manuels scolaires, est à ce titre insuffisante pour engager un véritable dialogue philosophique.

L'étudiant, ou tout simplement le non-spécialiste en philosophie, est souvent rebuté par la difficulté de la lecture des grandes œuvres, soit à cause d'un vocabulaire ésotérique, soit à cause de la longueur du livre. Cet ouvrage devrait leur permettre une première approche et leur rendre la lecture plus aisée.

Le choix de trente-deux œuvres sur plus de deux millénaires de philosophie (treize pour l'Antiquité et le Moyen Age, dix-neuf pour une période qui va de la Renaissance à notre siècle) a nécessairement une part d'arbitraire. Il a cependant été guidé par quelques règles :

– la plupart des auteurs fait partie du programme de terminale;

– les œuvres peuvent être achetées en librairie dans une édition récente, et la grande majorité peut l'être à bon marché en format de poche;

– les œuvres sont à la portée de lecture d'un élève de terminale ou de première année d'université;

– les principales périodes de la philosophie, ainsi que les principaux courants et les principaux thèmes, sont représentés.

Je me suis limité à une étude descriptive de l'œuvre, sacrifiant quelquefois la précision de la pensée, afin d'éviter d'utiliser un vocabulaire trop ardu pour une première approche du texte, ou encore d'engager le texte dans des interprétations trop contestables.

Un bref plan-résumé de l'ouvrage permettra de se faire une rapide idée des articulations essentielles de l'œuvre : les repères utilisés sont les divisions du texte s'il y en a, ou, à défaut, la pagination de l'édition « de référence » (qui peut, selon les cas, être l'édition actuelle conseillée, ou une édition ancienne dont la pagination est notée dans les marges des bonnes éditions actuelles).

La très succincte bibliographie jointe à chaque fiche se limite le plus souvent à des ouvrages généraux et relativement aisés à lire, sur l'auteur ou sur l'œuvre : ceux qui désirent s'initier à des lectures plus « pointues » des œuvres pourront se référer aux bibliographies de ces ouvrages généraux.

PLATON : GORGIAS

Date : vers 395-390 avant J.-C.
Titre original (grec) : GORGIAS.

Éditions recommandées :
– Universitaire bilingue : trad. A. Croiset, Les Belles Lettres, 1992[r].
– Poche : trad. M. Canto, Garnier-Flammarion, 1987.

Conseils de lecture :
V. Goldschmidt, *Les Dialogues de Platon*, PUF, 1988[r].
L. Robin, *Platon*, PUF, 1968[r].

1. THÈME

Le *Gorgias* est un dialogue (réel ou fictif) entre Socrate et les deux maîtres célèbres de rhétorique : Gorgias et son disciple Polos. L'entretien a lieu chez Calliclès, un jeune Athénien ambitieux qui prendra lui aussi part à la conversation. Socrate demande à Gorgias de définir ce qu'il enseigne : Polos répond pour Gorgias que c'est le « meilleur des arts ». Le dialogue portera donc à la fois sur la nature de la rhétorique et sur les avantages qu'elle prétend procurer. Par ses enjeux politiques et moraux, la rhétorique est la concurrente de la philosophie, et la critique intransigeante que mène Socrate contre l'art oratoire est en même temps une apologie fervente en faveur de la vie philosophique.

CONSTRUCTION

Introduction (447a – 449a).

I. Entretien avec Gorgias : la rhétorique est indifférente à la justice.

A. Ce que l'art oratoire prétend être selon Gorgias.
   1. Il est un art de persuasion dans les tribunaux et les foules (449a – 455a).

2. Il est supérieur à l'art des hommes de métier (455b – 457c).

B. Critique de Socrate : l'art oratoire ne fournit pas la connaissance du juste et de l'injuste (457c – 461b).

II. Entretien avec Polos : la rhétorique, fondée sur l'injustice, ne peut rendre heureux.

A. L'art oratoire n'est pas une science.

1. Il n'est qu'une routine empirique (461b – 463a).
2. Il n'est qu'une flatterie et une contrefaçon de l'art politique (463a – 466a).

B. L'art oratoire est inutile.

1. Le pouvoir tyrannique que l'orateur exerce dans la cité ne lui est qu'illusoirement profitable (466a – 468e).
2. Malgré l'opinion, commettre l'injustice ne rend pas heureux (469e – 470b).
3. Il faut donc se garder de commettre toute injustice :
   - application concrète au cas du tyran Archélaos (470b – 474c),
   - mieux vaut subir l'injustice que la commettre (474c – 475e),
   - l'injustice commise, mieux vaut en subir le châtiment que rester impuni (476a – 481b).

III. Entretien avec Calliclès.

A. Éloge par Calliclès de la justice naturelle comme domination du plus fort.

1. Selon la nature, c'est celui qui vaut le mieux qui commande (481c – 484c).
2. La philosophie est inutile, car elle ne procure pas le pouvoir dans la cité (484c – 486d).
3. Le pouvoir permet de satisfaire des passions illimitées (486d – 492e).

B. Critique de Socrate : la vie de plaisir n'est pas le bonheur véritable.

1. La vie déréglée de l'intempérant est honteuse et misérable (492e – 494e).

2. L'agréable, relatif au besoin, n'est pas le bien (494e – 499b).
3. Le bien consiste dans l'utile : la flatterie est impuissante à le déterminer (499b – 501c).
4. Application : ignorant le bien de l'âme, les grands hommes politiques athéniens ont échoué dans leur tâche (501c – 506b).

C. Supériorité de la philosophie sur la rhétorique.
1. Le véritable but consiste non à se protéger de subir l'injustice, mais à se garder de la commettre (506b – 513c).
2. La seule bonne attitude politique consiste à rendre les citoyens meilleurs : seul en est capable le philosophe (513c – 522e).
3. Le philosophe risque de subir l'injustice, mais la mort n'est un mal que pour l'homme injuste (522e – 527e).

2. COMMENTAIRES

A. LA RHÉTORIQUE EST UNE FAUSSE SCIENCE

• **Les prétentions de la rhétorique** – Pour Gorgias et Polos, la rhétorique est le plus noble des arts, car elle est fondée sur le seul pouvoir de la parole, et permet d'acquérir dans tous les domaines une autorité supérieure à celle des scientifiques spécialisés. Le médecin connaît la thérapie à appliquer à un malade ; mais s'il ne peut convaincre le malade de se soumettre au traitement, sa science se révélera finalement inutile. A une autre échelle, on peut dire que ce sont les orateurs politiques, et non les hommes de métier, qui ont persuadé les citoyens de la nécessité de construire les remparts d'Athènes.

• **La rhétorique comme routine empirique** – Pour Socrate, cette universalité de la rhétorique va de pair avec son absence d'objet spécifique. L'art de l'architecte ou du médecin n'a de valeur que par rapport à la connaissance qu'ils ont de ce qui est bon et juste dans leur domaine. La rhétorique prétend être un art universel, mais elle est ignorante du juste et de l'injuste : elle peut se mettre indifféremment et aveuglément au service de la justice ou de l'injustice. Elle donne le pouvoir de persuader un auditeur d'un bien illusoire qui lui est en fait nuisible, comme un orateur pourrait persuader un malade de prendre du poison. Sans connaissance du juste, la rhétorique ne peut prétendre au statut de science ou d'art : elle n'est pour Socrate qu'une routine empirique.

• **La rhétorique comme contrefaçon** – Quoique l'orateur se fasse passer pour plus savant que le véritable professionnel, il ne vise pas le vrai ou le bien, mais seulement ce qui est agréable à l'auditoire. Il ne produit pas un enseignement mais un plaisir : la rhétorique s'apparente au maquillage ou à la cuisine, lorsque ceux-ci veulent supplanter la gymnastique ou la médecine. Comparé au philosophe, l'orateur est devant le peuple comme un cuisinier devant un tribunal d'enfants, mis en concurrence avec un médecin sur ce qu'il vaut mieux prendre, d'un médicament ou d'une friandise.

B. LA RHÉTORIQUE EST NUISIBLE À LA CITÉ

• **Le démagogue devant le peuple** – Par son pouvoir de persuader les foules et les assemblées, l'orateur exerce une domination dans la cité; cela est particulièrement vrai dans les démocraties, où les citoyens décident en fonction des arguments qui leur sont présentés. Indifférent au juste et au bien, le pouvoir de l'orateur est comparable à celui du tyran, exercé non en vue de l'utilité commune, mais seulement afin de satisfaire sa propre ambition.

• **L'échec des hommes politiques** – Socrate juge sévèrement ceux que l'opinion considère comme les grands hommes politiques de la démocratie athénienne, comme Thémistocle ou Périclès, qui se sont imposés par leur talent oratoire. Pour Socrate, la tâche du politique ne se limite pas à conserver la vie des citoyens : il doit aussi les rendre meilleurs en augmentant leur vertu et en produisant la justice dans la société; ce en quoi les hommes politiques athéniens ont échoué, rendant leurs concitoyens plus cupides et ambitieux. Contrairement au démagogue, le philosophe ne vise pas à plaire dans les assemblées, mais reste constamment tourné vers cette finalité qu'est la justice.

C. LA RHÉTORIQUE EST INUTILE À L'INDIVIDU

• **L'injustice comme maladie** – Nuisible à la cité, la rhétorique peut-elle tout du moins être, comme l'affirme Polos, utile à l'orateur ? Mettre à mort qui on veut, chasser de la cité ses ennemis, agir injustement sans jamais être puni, c'est là ce que la plupart considèrent comme la fin suprême de la vie. Mais est-ce ce que l'on peut appeler un pouvoir ? Pour Socrate, le seul vrai pouvoir consiste dans la faculté à se faire du bien : or l'injustice est une sorte de maladie de l'âme, et constitue un mal pour l'individu qui la commet. C'est donc par ignorance, et non volontairement, que le tyran ou l'orateur se nuisent à eux-mêmes en commettant l'injustice.

• **L'agréable et le bonheur** – Contre cette conception, Calliclès fait l'apologie de l'injustice, en niant qu'il existe dans la nature d'autre bien que celui qui consiste à satisfaire ses envies. L'orateur et le tyran sont heureux, car ils ont ce pouvoir de satisfaire des passions illimitées. Mais, pour Socrate, l'agréable naît d'un besoin (la soif, la faim, l'ambition…), et n'existe donc jamais que conjointement à un manque et une douleur. Le dérèglement des passions ne saurait être bon ni au corps ni à l'âme : le seul véritable bien, que procure la philosophie, est la justice, qui consiste dans l'harmonie et la juste proportion entre les diverses parties de l'individu.

• **Se protéger de l'injustice ?** – L'art oratoire, il est vrai, donne non seulement la puissance de commettre l'injustice, mais aussi de s'en protéger. Socrate, qui ne sait pas bien parler, fait rire dans les assemblées, et sera incapable de défendre sa propre vie. Mais sauver une vie ne saurait être à proprement parler un service : le seul service à se rendre, ou à rendre aux autres, est de se donner une âme justement réglée. Le risque de perdre la vie, qu'encourt tout particulièrement le philosophe dans la cité, ne vaut pas qu'il s'en préoccupe : d'une part, aucun moyen ne permet sûrement de se protéger contre sa destinée ; d'autre part, et c'est là la leçon du mythe final, la mort ne fait pas peur au philosophe, mais seulement à l'homme injuste dont l'âme, souillée par l'injustice, sera dans l'au-delà examinée nue, et châtiée pour être guérie.

2 PLATON : PHÉDON

Date : vers 385-380 avant J.-C.
Titre original (grec) : PHAIDON.

Éditions recommandées :
– Universitaire bilingue : trad. P. Vicaire, Les Belles Lettres, 1983.
– Poche : trad. M. Dixsault, Garnier-Flammarion, 1991.

Conseils de lecture :
– Ouvrages généraux :
V. Goldschmidt, *Les Dialogues de Platon*, PUF, 1988[r].
L. Robin, *Platon*, PUF, 1968[r].
– Ouvrage spécialisé :
V. Goldschmidt, *La Religion de Platon*, PUF, 1970[r].

1. THÈME

Phédon raconte à Échécrate la dernière journée de Socrate dans sa prison et son exécution. Cet émouvant récit sert de toile de fond à une discussion très serrée : Socrate tente de réconforter ses amis en leur communiquant sa confiance dans la survie de l'âme et sa destinée bienheureuse après la mort. Le dialogue est construit à partir des objections successives de deux des auditeurs – Cébès et Simmias – qui obligent Socrate à faire une démonstration rigoureuse de la nature immortelle de l'âme.

CONSTRUCTION

Introduction. Le dernier jour de Socrate, les angoisses de ses disciples (57a – 62c).

I. Pour le philosophe, la mort est délivrance de l'âme (62c – 69e).

II. La corruption du corps n'entraîne pas la mort de l'âme.

A. La compensation des contraires : la mort est compensée par la vie (69e – 72e).

B. La réminiscence : l'âme préexiste au corps (72e – 78a).

C. L'âme est parente des Idées impérissables (78b – 80d).

D. [Récit mythique de la destinée des âmes après la mort (80d – 84 b).]

III. L'âme est incorruptible.

A. Nouvelles objections, et attitude à suivre pour la réponse (84b – 92a).

B. Précision sur l'immatérialité de l'âme : l'âme n'est pas une harmonie du corps (92a – 95a).

C. Par sa nature propre, l'âme est incorruptible.

- Critique générale de la physique matérialiste : les vrais principes des choses sont les Idées (95a – 102b).
- L'Idée d'âme exclut celle de mort : l'âme est donc immortelle (102b – 107d).

D. [Récit mythique de la destinée des âmes après la mort (107d – 115a).]

Conclusion. La mort de Socrate (115a – 118a).

2. COMMENTAIRES

A. L'ÂME EST INDÉPENDANTE DU CORPS

• **Le salut de l'âme par la science** – Le *Phédon* reprend certains éléments des théologies orphique et pythagoricienne qui considèrent le corps comme une souillure pour l'âme, et la mort comme une purification : pour ces théologies, l'âme peut dès cette vie se préparer à se détacher du corps par des pratiques ascétiques et extatiques. Pour Platon, seule la pensée rationnelle et scientifique permet à l'âme d'échapper totalement aux liens corporels. Ainsi, dans son activité propre (la science), l'âme est autonome vis-à-vis du corps, et cette autonomie constitue le meilleur argument en faveur de son immortalité.

• **Les Idées** – Mais toute connaissance ne repose-t-elle pas sur l'expérience acquise grâce à nos sens ? Dans un tel cas, l'âme serait dans son activité étroitement liée au corps. Pour Platon, la science, à son point le plus élevé, porte sur des êtres purement intelligibles – les « Idées » (le Beau, le Bien, le Juste…) – qui existent de façon séparée du monde sensible, et dont les choses sensibles ne sont que des reflets. Ces Idées sont connues non par l'expérience sensible, mais par la pensée pure, détachée de tout rapport avec la sensation.

• **La réminiscence** – Cette autonomie de la pensée est démontrée par la théorie de la réminiscence, dont Platon avait déjà donné une preuve dans le *Ménon*. D'où vient, par exemple, l'idée que nous avons de l'égalité parfaite ? Elle ne peut venir de la sensation car, dans la nature, il n'y a pas deux êtres parfaitement identiques ; bien au contraire, lorsque nous disons de deux cailloux qu'ils sont « identiques », ce ne peut être qu'en rapportant ce que nous voyons à une notion déjà acquise avant toute expérience, et dont nous nous ressouvenons alors, comme par association. Pour Platon, nous avons en nous ces Idées pour en avoir eu une intuition intellectuelle avant cette vie (c'est-à-dire avant que notre âme soit unie à notre corps) : la réminiscence prouve la préexistence de l'âme et son indépendance vis-à-vis de notre corps.

B. L'ÂME EST PAR NATURE INDESTRUCTIBLE

• **L'âme des physiciens** – Socrate, dans le *Phédon*, ne s'adresse pas tant à des théologiens qu'à des scientifiques. Ce que les physiciens, depuis Thalès, appellent « âme », c'est avant tout la force unifiante et vivifiante qui donne le mouvement à l'univers et aux êtres vivants. L'âme, pour la physique, n'est donc pas une réalité immatérielle mais elle est, par son activité, immergée dans le corps qu'elle ordonne.

• **La critique de l'âme-harmonie** – Ainsi les médecins font-ils de l'âme un tempérament du corps : l'âme est pour eux incorporelle à la façon de l'harmonie de la lyre, produite par la tension des cordes ; que la lyre vienne à se briser, et l'harmonie – toute incorporelle qu'elle soit – disparaît avec elle. Pour Platon, l'âme étant antérieure au corps, c'est elle qui ordonne le corps et lui donne son harmonie, et non l'inverse.

• **La critique de la psychologie matérialiste** – Il ne suffit pas de montrer que l'âme est antérieure et indépendante vis-à-vis de notre corps pour prouver qu'elle est immortelle. Ainsi, le tisserand est-il antérieur au vêtement qu'il fabrique et qu'il porte, et son destin n'est pas lié à l'usure du vêtement : il n'en reste pas moins que le tisserand finit, lui aussi, par mourir. Pour la physique matérialiste, l'âme est un corps fin et délié, dont l'action sur notre corps qu'elle pénètre produit la vie. Platon fait une critique de cette conception matérialiste : les véritables principes des choses sont à chercher non dans les causes mécaniques, mais dans l'intelligence qui préside à ces causes. On n'explique pas pourquoi Socrate est assis lorsque l'on montre que ses os et ses muscles sont dans telle disposition : Socrate est assis dans cette prison, attendant la mort, parce qu'il a choisi cette attitude après délibération intelligente.

• **L'indestructibilité de l'âme** – De la même façon, la vie ne s'explique pas par l'action des corps les uns sur les autres, mais par la notion intelligible de Vie. Or, l'Idée de Vie est incompatible avec toute Idée de corruption et de mort : l'âme, en tant que principe de la vie, est donc immortelle. La physique platonicienne se réduit donc à une analyse des notions : cet argument dialectique est un exemple de ces preuves qu'Aristote qualifiera de « verbales et creuses » : Socrate lui-même, conscient de l'insuffisance de sa démonstration, aimerait poursuivre la discussion ; mais il est interrompu par l'arrivée du gardien chargé de l'exécution. Notons que Platon a donné d'autres démonstrations de l'immortalité de l'âme, notamment dans *La République*, le *Phèdre*, le *Timée*, et le Xe livre des *Lois*.

3 PLATON : LA RÉPUBLIQUE

Date : vers 380 avant J.-C.
Titre original (grec) : POLITEIA.

Éditions recommandées :
– Universitaire bilingue : trad. E. Chambry, Les Belles Lettres, 1989r.
– Poche : trad. E. Chambry, Gallimard, coll. « Tel », 1992.

Conseils de lecture :
– Ouvrages généraux :
V. Goldschmidt, *Les Dialogues de Platon*, PUF, 1988r.
L. Robin, *Platon*, PUF, 1968r.
– Ouvrage spécialisé :
L. Strauss, *La Cité et l'homme*, Presses Pocket, 1987.

1. THÈME

Lors d'un passage au Pirée, Socrate est invité dans la maison du vieux et riche Céphale ; il y retrouve plusieurs jeunes gens, dont certains seront ses interlocuteurs : outre Céphale lui-même, son fils Polémarque, Thrasymaque, et les deux frères de Platon – Glaucon et Adimante. Céphale commence par faire un éloge de la vieillesse, âge qu'il décrit comme paisible et serein : il ne craint pas le jugement de l'au-delà car, grâce à sa fortune, il a pu éviter de commettre toute injustice en sa vie. Qu'est-ce donc que la justice ? demande Socrate. Commence alors une longue discussion sur la définition de la justice, discussion qui va rapidement porter sur le problème de la justice dans l'État. Dans son organisation, la cité présente en effet une sorte de modèle grossi de l'homme : aussi, ce qui est dit de la Constitution de l'État s'applique-t-il d'une façon générale à l'individu.

CONSTRUCTION

Introduction. Mise en place de la question de la justice (livre I – début du livre II).

A. Narration : Socrate au Pirée et chez Céphale (début du livre I – 329d).

B. Réfutation de trois conceptions de la justice (Céphale, Polémarque, Thrasymaque) : la justice est dévouement au bien commun (329d – fin du livre I).

C. Le problème : le juste est-il plus heureux que l'injuste ? Pour répondre, il faut étudier la justice en elle-même (début du livre II – 367e).

I. Origine de la justice dans l'État (fin du livre II – livre IV).

A. La cité primitive, fondée sur les besoins et l'échange économique (367e – 372c).

B. La cité civilisée et guerrière.

1. Son fondement : les désirs non naturels de l'homme (372c – 373a).
2. Conséquence : la nécessité d'une classe guerrière (373a – 374d).
3. Les gardiens : éducation, sélection, mode de vie (374d – 427c).

C. La justice comme harmonie des vertus propres à chaque classe de l'État, ou à chaque partie de l'âme de l'individu (427c – fin du livre IV).

II. Conditions de la réalisation de la justice dans l'État : l'unité de la cité (livre V – livre VII).

Introduction. Comment un tel État est-il possible ? (449a – 451b).

A. L'abolition de la division des tâches selon les sexes (451b – 457b).

B. Le mode de vie communautaire des gardiens.

1. Nécessité du communisme des biens et de la famille (457b – 462a).
2. Sa conséquence : l'unité parfaite de l'État (462a – 466d).
3. Attitude de la cité dans la guerre (466d – 471c).

C. Le gouvernement des philosophes.
1. Définition du philosophe et de sa science (471c – fin du livre VI).
2. Le philosophe dans la cité : le mythe de la caverne (début du livre VII – 521c).
3. L'éducation du philosophe (521c – fin du livre VII).

III. Comparaison de la justice et de l'injustice (livre VIII – livre X).

A. Description des formes dégénérées et injustes de gouvernement : timocratie, oligarchie, démocratie, tyrannie (livre VIII).

B. Comparaison du bonheur de l'homme juste et de l'homme injuste.
1. Le bonheur du tyran comparé au bonheur du philosophe (livre IX).
2. Critique des poètes qui font l'éloge des tyrans (début du livre X – 608b).
3. Le bonheur de l'homme juste dans l'au-delà (608c – fin du livre X).

2. COMMENTAIRES

A. LA CONSTRUCTION DE LA CITÉ IDÉALE

• **L'idéal politique** – Le point de départ de *La République* c'est que la justice n'existe pas dans les cités présentes (la cité athénienne est à cette époque en pleine décadence). La cité juste n'est donc qu'une fiction rationnelle : c'est pourquoi se pose à tout moment la question de sa réalisation effective. Malgré leurs divergences, Céphale (le traditionnaliste) et Thrasymaque (le rénovateur radical) se rejoignent en ce qu'ils font dépendre la justice d'un fait (les lois existantes, la force positive) et non d'une norme idéale. Pour Socrate, l'application de la justice – dans l'individu ou dans l'État repose sur la connaissance de la norme suprême et invisible du juste : le problème de l'État juste est donc avant tout un problème de philosophes.

• **Les trois classes** – La société idéale est « construite » (intellectuellement par la dialectique) en trois grandes étapes d'achèvement progressif : cité naturelle, cité guerrière et cité philosophique. La cité sert ainsi d'abord aux échanges économiques (bien-être du corps), puis à la défense des citoyens, et enfin à l'acquisition des vertus (bien de l'âme). A ces trois étapes correspondent dans la cité achevée les trois classes de l'État : travailleurs, soldats et gouvernants ; l'âme humaine a une constitution analogue à la cité et se divise, elle aussi, en trois parties : l'âme désirante, l'âme ardente et l'âme intellectuelle. La justice consiste dans la bonne harmonie des différentes parties entre elles, qui implique que chacune se consacre à la réalisation de sa vertu propre, soit, respectivement, la tempérance, le courage et la sagesse.

• **La cité des philosophes** – L'État ainsi constitué possède une unité profonde. Ce souci d'unité a des conséquences concrètes dans l'organisation de la cité : abolition des différences de tâches fondées sur le sexe (les femmes soldats) ou communisme intégral des biens et de la famille. Plus que l'aspect paradoxal de ces lois, il importe de saisir l'idée qui les gouverne : l'unité de la cité ; la plus haute expression de cette unité réside dans l'obéissance de tous les citoyens à la norme unique et commune qu'est l'Idée du Bien. Le philosophe – celui qui contemple l'Idée du Bien – est l'intermédiaire entre la vérité des Idées et la réalité concrète de la cité ; lui seul est capable de gouverner la cité, de lui donner son unité, de régler ses différentes parties, et de la guider vers son idéal de justice.

• **La science politique** – Par le paradigme de la ligne, Platon montre la primauté dans l'ordre de l'Être des idées intelligibles, accessibles au seul philosophe : le monde sensible (celui que nous voyons tous les jours) est au monde intelligible ce que les reflets et les ombres sont aux choses mêmes, c'est-à-dire les copies d'un modèle. Le monde intelligible peut être lui aussi subdivisé selon un rapport identique : les mathématiques et la géométrie ne peuvent conclure à des vérités qu'en partant de présuppositions ou d'hypothèses. Les seules réalités absolument vraies par elles-mêmes sont les Idées : la science qui permet de les saisir – la dialectique – remonte progressivement des réalités inférieures (qui sont aussi les plus accessibles à chacun) à leur principe suprême, pour aboutir au principe suprême de toute chose qui est l'Idée du Bien. La dialectique est ainsi la véritable science du philosophe-magistrat, celle qui lui permet de soumettre la cité existante au modèle idéal de la justice.

B. LA RÉALISATION CONCRÈTE DE LA CITÉ IDÉALE

● **La caverne** – La cité juste ainsi définie a-t-elle une chance de naître un jour ? Non seulement dans les cités existantes les philosophes n'ont pas part au pouvoir politique, mais ils sont le plus souvent rejetés et persécutés ; de son côté, le philosophe préfère la vie contemplative solitaire à l'administration de la cité. L'allégorie de la caverne souligne cette incompatibilité entre le philosophe et la cité (et donc l'écart qui sépare la cité concrète de la cité juste) : la cité est la caverne même, vouée aux ombres et aux illusions de l'opinion ; le philosophe, qui a contemplé la vérité n'a nul désir de retourner dans la caverne ; s'il le fait malgré tout, il n'est pas écouté. Le philosophe n'a pas plus envie de gouverner que les citoyens d'être conduits à la vertu. Il reste donc que la cité idéale est irréalisable, à moins d'une coïncidence improbable : que les gouvernants des cités se convertissent à la philosophie, que le tyran devienne philosophe.

● **Les régimes malades** – La cité idéale n'est cependant pas une construction inutile : tout d'abord parce qu'elle est réalisable au niveau de l'individu ; le philosophe est en effet lui-même le microcosme d'une cité juste et bien administrée par la sagesse. D'autre part, un tel modèle peut servir à juger les sociétés existantes, qui sont autant de dégénérescences de la cité idéale. La timocratie spartiate, l'oligarchie des Trente, la démocratie athénienne (qui a condamné Socrate), et la tyrannie syracusaine sont autant de dégénérescences successives de la cité idéale, dont le régime est aristocratique (c'est-à-dire qu'elle est gouvernée par les « plus vertueux » : les philosophes), qui a, selon Platon, existé autrefois.

● **Le bonheur du tyran** – Ces régimes malades ne sauraient connaître qu'un simulacre de bonheur. Si Platon condamne les poètes et les exclut de sa cité idéale, ce n'est pas parce qu'il est indifférent aux beautés de leur art : c'est parce qu'ils courtisent les tyrans en louant un faux bonheur, fait de richesse et de gloire, et fondé sur l'injustice. Glaucon et Adimante demandaient quel avantage il pouvait y avoir à pratiquer la justice : le mythe du jugement des morts achève une longue démonstration du malheur du tyran ; seul l'homme juste (le philosophe) connaît le vrai bonheur, tant dans cette vie que dans l'au-delà.

PLATON : PHÈDRE

Date : vers 370 avant J.-C.
Titre original (grec) : PHAIDROS.

Éditions recommandées :
– Universitaire bilingue : trad. P. Vicaire, Les Belles Lettres, 1985.
– Poche : trad. L. Brisson, Garnier-Flammarion,1989.

Conseils de lecture :
– Ouvrages généraux :
V. Goldschmidt, *Les Dialogues de Platon*, PUF, 1988ʳ.
L. Robin, *Platon*, PUF, 1968ʳ.
– Ouvrages spécialisés :
B. Sève, *Phèdre de Platon, commentaire*, Pédagogie moderne, 1980.
Y. Brès, *La Psychologie de Platon*, PUF, 1968.

1. THÈME

Le *Phèdre* retrace une conversation entre Socrate et Phèdre, lors d'une promenade d'été dans la campagne près d'Athènes. Comme dans *Gorgias*, le sujet principal porte sur la rhétorique ; mais le dialogue s'engage dès le départ sur un exemple concret : le discours que Phèdre vient d'entendre dans un cours de l'orateur Lysias, sur le thème paradoxal des méfaits de l'amour. Ce discours fait l'objet d'un examen critique par Socrate sur le fond puis sur la forme. Il s'ensuit que le dialogue traite à la fois de l'amour (sujet du discours de Lysias) et des conditions formelles du « beau discours » ; malgré cette disparité, l'ouvrage est traversé par des thèmes récurrents, tels celui de l'inspiration ou de la beauté.

CONSTRUCTION

Introduction.

1. Cadre du dialogue (227a – 230e).
2. Lecture par Phèdre du discours de Lysias (230e – 234c).

I. Critique sur le fond du discours de Lysias : la nature véritable de l'amour.

A. En quoi l'amour est une folie nuisible.

1. Phèdre contraint Socrate à composer un discours sur le même thème, en partant d'une définition de l'amour (234c – 237a).
2. Discours de Socrate :
   - l'amour est un dérèglement passionnel (237a – 238c) ;
   - les désavantages de l'amour pour la personne aimée (238c – 241d).

B. En quoi l'amour est une folie inspirée.

1. Le discours de Socrate étant sacrilège contre la vérité, il faut en faire un second qui répare le premier (241d – 243e).
2. Deuxième discours de Socrate :
   - il existe des bonnes formes de folie (243e – 245c) ;
   - l'âme humaine est d'origine immortelle et céleste (245c – 249d) ;
   - dans le délire amoureux, l'âme retrouve son origine, au-delà de sa déchéance corporelle (249d – 257b).

II. Critique sur la forme du discours de Lysias : les conditions de composition d'un beau discours.

Introduction. L'art du fabricant de discours (257b – 259d).

A. Les exigences d'un véritable art oratoire.

1. Le beau discours dévoile une vérité :
   - il se fonde sur la connaissance, et non sur l'opinion (259e – 264e) ;
   - la dialectique, et non la rhétorique, répond à cette exigence (264e – 269d).

2. Le beau discours produit sûrement une persuasion :
   - sa forme est adaptée au caractère propre de l'âme de l'auditeur (269d – 272b) ;
   - la rhétorique se contente du vraisemblable en ce domaine (272b – 274b).

B. Les défauts du discours écrit par rapport au discours oral.

1. L'écriture ne procure pas vraiment la mémoire (274c – 275c).
2. Elle est incompétente quant à l'instruction du lecteur (275c – 277a).

Conclusion. Seul le philosophe possède l'art du beau discours (277a – 279c).

2. COMMENTAIRES

A. LE DÉLIRE AMOUREUX

• **La mauvaise et la bonne folie** – Le discours de Lysias est un exercice oratoire qu'il présente comme modèle à ses élèves, autour d'une thèse originale et contraire à l'opinion courante : il faut choisir plutôt la compagnie du non-amoureux que de l'amoureux. Son argumentation repose sur l'assimilation de l'amour à une folie passionnelle, déraisonnable et immodérée. A l'inverse, Socrate refuse de traiter un thème si important comme un simple prétexte de virtuosité rhétorique. Proposant une définition de l'amour, il distingue deux types de folies. La première est en effet une maladie de l'âme et une démesure : c'est le cas de l'amour, en tant que pure passion et désir de s'approprier un corps. Mais Lysias n'a pas compris qu'il existe une autre forme de folie : celle-ci, qui est fondamentalement bonne, se manifeste dans l'inspiration divine, dans la création artistique, ou encore dans l'amour véritable.

• **La divinité de l'âme** – Pour comprendre la signification du délire amoureux, il faut se référer à l'essence de l'âme. L'âme est, selon Socrate, d'origine céleste, comme le sont les dieux : c'est par un accident – que Socrate tente d'expliquer à partir du mythe de l'attelage ailé – qu'elle se lie à la destinée d'un corps jusqu'à oublier son origine divine et sa nature immortelle. Cette incarnation est comprise comme une chute et une dégradation de l'âme par rapport à sa condition première : le sage n'a d'autre but que de rendre à son âme sa nature originaire, en rompant les liens qui l'asservissent au corps.

• **Le délire amoureux** – Si l'âme a oublié sa dignité originaire, la vue de l'être aimé provoque en elle un ressouvenir de sa patrie céleste. Alors que les yeux s'attachent à la beauté d'un corps, l'âme est élevée à la contemplation du Beau en soi. L'amour véritable n'est donc pas seulement un désir charnel qui asservit l'âme à la démesure des passions corporelles : il est un désir de s'élever à la vision divine, et un voyage, partagé par l'amant et l'aimée, des âmes vers leur essence véritable. La démarche amoureuse se rapproche de celle du philosophe, amoureux de la vérité : contrairement à la conception parcimonieuse que Lysias se fait de la raison, la sagesse socratique implique un véritable engagement « érotique » dans la connaissance.

B. RHÉTORIQUE OU DIALECTIQUE?

• **Le rapport du discours à la vérité** – Un art oratoire digne de ce nom peut-il s'appliquer de façon indifférente à quelque objet que ce soit, et n'être qu'une technique de persuasion indifférente à la vérité de son discours ? Pour Socrate, la parole a pour fonction d'instruire l'auditeur, et donc de transmettre un savoir. Sans ce savoir, l'orateur est comme celui qui ferait l'éloge du cheval et qui, n'en ayant jamais vu, décrirait en fait un âne. La connaissance se manifeste dans le discours par une définition précise et exacte de l'objet traité (l'amour dans le cas du discours de Lysias) : sans cette rigueur, il n'y a pas à proprement parler d'art oratoire, mais simple routine de persuasion. Contrairement à la rhétorique, la dialectique traite son objet selon des définitions et des divisions rigoureuses, se rendant ainsi apte à procurer un enseignement véritable.

• **La science de la persuasion** – Contrairement au *Gorgias*, dans lequel Platon montre un certain mépris pour le problème de la communication, le *Phèdre* envisage la transmission de la connaissance comme une nécessité. Il ne peut y avoir de science en ce domaine que fondée sur la connaissance de la nature des âmes, grâce à laquelle l'orateur peut choisir l'argumentation la plus adaptée à l'auditeur, et la plus propre à produire la persuasion. Le rhéteur n'a sur ce sujet que des opinions, et ne parvient à persuader que par accident : sa puissance n'a pas ce fondement ferme et stable qui caractérise les arts et les sciences véritables.

• **L'oral et l'écrit** – Lysias n'est pas seulement un orateur, mais aussi quelqu'un qui écrit des discours, un « logographe ». Pour Socrate (qui n'a lui-même jamais écrit de livre), l'écriture abolit la dimension d'enseignement du discours oral. L'écrit fige le discours : il est incapable de répondre aux questions de l'élève et de s'adapter à ses difficultés. Seul le dialogue oral entre le maître et l'élève, comme l'est la dialectique socratique, permet à deux âmes de s'élever ensemble à la connaissance du vrai.

5 ARISTOTE : ÉTHIQUE À NICOMAQUE

Date : vers 335-330 avant J.-C.
Titre original (grec) : ETIKA NIKOMAKEA.

Éditions recommandées :
– Universitaire : trad. Tricot, Vrin, 1990r.
– Poche : trad. J. Defradas, Presses Pocket, 1992.

Conseils de lecture :
– Ouvrages généraux :
J. Moreau, *Aristote et son école*, PUF, 1985r.
D. Ross, *Aristote*, Gordon et Breach, 1971r.
– Ouvrages spécialisés :
P. Aubenque, *La Prudence chez Aristote*, PUF, 1963.
R. A. Gauthier, J. Y Jolif, *Éthique à Nicomaque : Introduction, traduction et commentaire*, Nauwelaerts (4 volumes), 1970r.

1. THÈME

L'*Éthique à Nicomaque* est un traité scolaire de morale (probablement édité par Nicomaque – le fils d'Aristote –, à moins qu'il ne lui soit dédié), qui porte sur les moyens pour acquérir le bien suprême. Ce bien suprême est dès le départ identifié : c'est le bonheur. Encore ne s'agit-il pas de traiter du bonheur en général, mais seulement du bonheur de l'homme : ce n'est pas en vivant comme une plante ou un animal que l'homme est pleinement heureux, mais en exerçant la faculté qui lui est propre et constitue son être spécifique. La raison est cette faculté propre à l'homme, et la vertu est la capacité à produire des actions conformes à la raison : la vie vertueuse est donc la condition essentielle du bonheur, et elle constitue l'objet principal de l'*Éthique à Nicomaque*.

CONSTRUCTION

Introduction. Détermination du champ de la recherche (livre I).

A. Objet de la recherche : le bien, « activité de l'âme en accord avec la vertu » (ch. 1 – ch. 6).

B. La méthode à suivre (ch. 7 – ch. 13).

I. Les vertus morales qui déterminent la bonne conduite (livre II – livre V).

A. Considérations générales sur les vertus morales.

1. Définition de la vertu morale (livre II, ch. 1 – ch. 6).
2. Règles de conduite pour devenir vertueux (livre II, ch. 7 – ch. 9).
3. La question de la responsabilité (livre III, ch. 1 – ch. 8).

B. Étude des vertus particulières et de leurs contraires.

1. Courage (livre III, ch. 9 – ch. 12), modération (livre III, ch. 13 – ch. 15), libéralité (livre IV, ch. 1 – ch. 3), magnificence (livre IV, ch. 4 – ch. 6), magnanimité (livre IV, ch. 7 – ch. 9), ambition (livre IV, ch. 10), placidité (livre IV, ch. 11), amabilité (livre IV, ch. 12), véracité (livre IV, ch. 13), enjouement (livre IV, ch. 14), pudeur (livre IV, ch. 15).
2. La justice (livre V).

II. Les vertus intellectuelles qui déterminent la règle de la bonne conduite (livre VI).

A. La prudence, connaissance du singulier et du contingent (ch. 1 – ch. 9).

B. Les vertus qui accompagnent la prudence (ch. 10 – ch. 13).

III. Dispositions s'ajoutant à la vertu pour parfaire le bonheur (livre VII – livre X, ch. 5).

A. Celles qui favorisent la vertu : tempérance, attitude face au plaisir (livre VII).

B. Celles qui s'ajoutent à la vertu : l'amitié (livre VIII – livre X).

C. Retour au problème du plaisir (livre X, ch. 1 – ch. 5).

Conclusion. La vie la plus heureuse (livre X, ch. 6 – ch. 10).
A. La vie contemplative (ch. 6 – ch. 9).
B. La vie éthique et politique (ch. 10).

2. COMMENTAIRES

A. LE CHAMP DE L'ÉTHIQUE EST CELUI DE L'ACTION

• **La pratique** – On trouve chez Aristote une véritable philosophie de l'action. Pour Platon nul n'est méchant volontairement mais seulement par ignorance : la morale est ainsi totalement prise en charge par la science (connaître le bien, c'est nécessairement le pratiquer). Pour Aristote le savoir n'implique pas l'action : un ivrogne peut avoir connaissance des dangers de l'alcoolisme et s'enivrer quand même. Il y a donc un champ propre de la morale qui est celui de la pratique.

• **Choix et responsabilité** – La morale se déploie donc dans une autre dimension que la science théorique ; elle nécessite un choix, un engagement. Il y a ainsi, dans l'éthique d'Aristote, une place pour la responsabilité : l'action vertueuse est fondée non sur la seule connaissance du bien, mais avant tout sur le désir de suivre la bonne règle de conduite, et de fonder son action sur la raison. Ce n'est donc pas l'ignorance qui fait la méchanceté, mais avant tout la mauvaise volonté : ce qu'Aristote nomme vertu éthique (par opposition aux vertus intellectuelles) est la disposition du caractère à produire de bonnes actions, disposition innée et fortifiée tant par l'enseignement que par l'expérience.

B. LA DÉTERMINATION DE LA RÈGLE DE L'ACTION

• **Le juste milieu** – Le désir de « faire bien » consiste à éviter tout excès dans l'action. Le bon caractère est ainsi un milieu entre les excès contraires : le courage par exemple est aussi éloigné de la lâcheté que de la témérité. Comment déterminer le milieu à tenir dans une situation déterminée ? Il ne s'agit pas d'une simple moyenne arithmétique : être à moitié lâche et à moitié téméraire, ce n'est pas être courageux. Le juste milieu est plutôt fondé sur une proportion : la vertu intellectuelle consiste à établir la mesure dans chaque cas particulier. S'il ne suffit pas de connaître pour pratiquer la vertu, il ne suffit pas non plus de vouloir : l'homme vertueux est aussi celui qui sait ce qu'il faut faire.

- **La prudence** – Ce savoir n'est pas une science théorique du Bien en général mais bien un « savoir faire » qui se rapporte en dernier lieu à un cas particulier et concret. La prudence consiste à discerner, dans les conditions singulières de l'action, la règle à suivre. Alors que la science théorique porte sur des entités stables et universelles, la prudence a trait aux réalités mouvantes et contingentes de notre monde. L'homme prudent sait allier le sens de la valeur à celui du concret : il envisage à la fois le meilleur et le possible, la fin et les moyens, le principe et le résultat. La règle qu'il définit n'est pas bonne parce qu'elle est conforme à une norme générale, mais parce qu'elle est adaptée aux données particulières précises dans lesquelles se déroule l'action.

C. LA VIE HEUREUSE

- **L'importance des conditions extérieures** – Le bonheur que nous pouvons atteindre reste toujours à l'échelle de l'homme et du monde instable dans lequel il vit. Si les dieux se suffisent à eux-mêmes, l'homme est dépendant des choses extérieures. La vertu elle-même n'est pas possible sans un certain nombre de conditions que l'homme ne maîtrise pas : il faut avoir cette disposition innée à la vertu qui n'est donnée qu'à certains ; il faut par ailleurs avoir l'occasion de pratiquer cette vertu, occasion qui dépend du hasard des événements ; il est enfin préférable d'avoir de la fortune matérielle, une certaine habileté, un tempérament modéré vis-à-vis du plaisir, de bons amis qui soient des compagnons sur le chemin de la vérité, etc.
- **Activité théorique et pratique** – En tant qu'exercice de la raison, l'activité scientifique permet d'atteindre le bonheur le plus élevé possible à l'homme ; elle apparente l'homme aux dieux et le détache des réalités mouvantes et périssables de notre monde. Mais, pour Aristote, une telle activité est presque trop parfaite, étant donné notre nature : seul le sage peut y prétendre. Aussi, à la vie contemplative, Aristote ajoute-t-il la vie politique, qui consiste à pratiquer la vertu dans le cadre de la société et qui constitue la vie heureuse à la portée des hommes.

6 ARISTOTE : POLITIQUE

Date : vers 330-323 avant J.-C.
Titre original (grec) : POLITIKA.

Éditions recommandées :
– Universitaire bilingue : trad. J. Aubonnet, Les Belles Lettres, 1989r (5 tomes).
– Poche : trad. Pellegrin, Garnier-Flammarion, 1990.

Conseils de lecture :
– Ouvrages généraux :
J. Moreau, *Aristote et son école*, PUF, 1985r.
D. Ross, *Aristote*, Gordon et Breach, 1971r.
– Ouvrages spécialisés :
L. Strauss, *La Cité et l'homme*, Presses Pocket, 1987.
F. Wolff, *Aristote et la politique*, PUF, 1991.

1. THÈME

Les huit livres de la *Politique*, dont on ne sait s'ils n'ont pas été rédigés à des moments différents de la vie d'Aristote, traitent généralement de la communauté politique et ses institutions. Platon, dans sa *République*, s'était contenté de décrire les conditions d'une cité parfaite : le souci de dégager les fondements de la « bonne cité » n'est pas absent chez Aristote, confronté à la crise de la cité grecque à une époque où les conquêtes d'Alexandre ont brutalement élargi ses frontières. Mais il ne s'agit pas pour lui de construire une fiction abstraite de toute réalité : le problème de la « bonne cité » ne se pose que par rapport aux données concrètes. Aristote s'intéresse à la politique en naturaliste, observant, décrivant, comparant, classant les cités qu'il connaît, et dégageant les traits qui leur sont communs. Les deux approches, descriptives et normatives, s'entrecroisent sans toujours fusionner, faisant de la *Politique* un texte à la fois composite et complexe.

CONSTRUCTION

I. Approche générale de la politique.

A. La communauté politique et sa composition (livre I).

1. L'homme est naturellement politique (ch. 1 – ch. 2).
2. La communauté familiale, cellule de base de la communauté politique :
   - les rapports qui composent la famille (ch. 3) ;
   - l'esclavage : sa justification et sa limite naturelle (ch. 4 – ch. 7) ;
   - l'acquisition des richesses et sa limite naturelle (ch. 8 – ch. 11) ;
   - les relations d'autorité au sein de la famille (ch. 12 – ch. 13).

B. Examen critique de plusieurs conceptions de la politique (livre II).

1. L'approche idéaliste de Platon (ch. 1 – ch. 6) ;
2. Autres Constitutions idéales ou existantes (ch. 7 – ch. 12).

C. L'essence de la communauté politique : la Constitution (livre III).

1. La Constitution est ce qui définit l'État et le citoyen (ch. 1 – ch. 6).
2. Les bonnes et les mauvaises formes de Constitutions : les formes pures et déviées, justes et injustes, égalitaires et inégalitaires (ch. 7 – ch. 18).

II. Étude descriptive des différentes cités.

A. Les différents régimes constitutionnels (livre IV).

1. Introduction (ch. 1 – ch. 2).
2. Description des principaux régimes constitutionnels (ch. 3 – ch. 10).
3. Conditions générales de la résistance des régimes :
   - la participation de la classe moyenne au pouvoir (ch. 11) ;
   - l'adaptation de la Constitution aux données de la cité (ch. 12 – ch. 13).
4. Les pouvoirs délibératif, exécutif et judiciaire (ch. 14 – ch. 16).

B. La résistance des régimes au temps : conditions particulières (livre V – livre VI).
1. Causes générales des séditions (livre V, ch. 1 – ch. 4).
2. Causes de séditions et remèdes propres à chaque régime (livre V, ch. 5 – ch. 12).
3. Comment établir, dans chaque type de régime, des Constitutions aptes à résister aux séditions (livre VI).

III. La cité idéale (livre VII – livre VIII).
A. Sa fin : le bonheur du citoyen (livre VII, ch. 1 – ch. 3).
B. Les conditions idéales.
1. Les conditions démographiques et géographiques (livre VII, ch. 4 – ch. 7).
2. Les conditions institutionnelles (livre VII, ch. 8 – ch. 12).

C. L'éducation du citoyen.
1. Problèmes généraux (livre VII, ch. 13 – ch. 15).
2. La petite enfance (livre VII, ch. 16 – ch. 17).
3. Enseignement des jeunes gens (livre VIII).

2. COMMENTAIRES

A. LA SOCIÉTÉ POLITIQUE EST NATURELLE

• **L'homme, animal politique** – Contrairement à de nombreux penseurs de son temps (et aux théoriciens modernes de la politique), Aristote refuse de voir dans la société politique un artifice produit par l'invention humaine. Doué de langage, l'homme a accès à la raison et aux notions du juste et de l'injuste : il est naturellement constitué non seulement pour vivre d'une vie biologique, mais en vue du bien et du bonheur. Le bonheur suppose une indépendance maximale vis-à-vis des contraintes matérielles, que l'individu est incapable d'obtenir seul, et qui n'est pleinement réalisée que dans la communauté politique.

• **Le « bien-vivre »** – Le rôle de la cité est de réaliser le bonheur commun des citoyens. La conception d'Aristote est très différente des théories modernes, pour lesquelles le rôle essentiel de l'État est d'assurer la sécurité, et éventuellement la subsistance, des citoyens. Si survivre constitue une fin pour les animaux, cela ne saurait suffire au bonheur humain : la fonction principale de la cité consiste donc dans l'épanouissement moral du citoyen ; c'est pourquoi Aristote consacre une grande partie de l'ouvrage aux problèmes de l'éducation.

• **Le cas de l'esclavage** – C'est sur ces principes qu'Aristote examine la légitimité de l'esclavage. Il existe une forme naturelle d'esclavage, fondée sur une nécessité économique (tant que n'existent pas des machines capables de remplacer le travail humain), et justifié par la différenciation naturelle entre les hommes, dont certains sont essentiellement mus par l'intellect alors qu'en d'autres domine la partie sensitive de l'âme. L'autorité du maître sur l'esclave correspond chez l'individu à celle de l'intellect sur la partie sensitive de l'âme, ou de l'âme sur le corps : elle est une autorité naturelle et exercée en vue du bonheur de chaque partie. Mais l'esclavage pratiqué dans la réalité, qui résulte en général du hasard des prises de guerre, est très durement condamné par Aristote comme une domination tyrannique et arbitraire.

B. LE RÉALISME POLITIQUE

• **Le refus des schémas théoriques** – La politique implique que l'on tienne compte des réalités concrètes : les schémas intellectuels abstraits se révèlent des monstres dans la réalité, telle la Constitution « mathématique » d'Hyppodamos qui tente de ramener toutes les relations dans l'État à des nombres multiples de trois. Les Constitutions réelles elles-mêmes pèchent en général par leur inadéquation à la réalité des choses : ainsi la démocratie et l'oligarchie (toutes deux des formes excessives et injustes de Constitution), qui posent de façon universelle l'égalité ou l'inégalité des citoyens, sans faire de distinction entre la richesse et l'autorité politique.

• **Le communisme intégral de Platon** – Aristote critique particulièrement la république fictive construite par Platon sur le fondement idéal d'une unité parfaite : le communisme total, pour Aristote, se heurte dans la réalité au sentiment le plus naturel qui attache chaque individu à soi-même. L'État concret ne recherche pas une unité indifférenciée, mais l'indépendance économique, qui n'est atteinte que par la différenciation des tâches et des fonctions ; la cité fournit le cadre qui permet à chaque individualité de prendre place au sein d'une œuvre commune.

• **L'étude naturaliste des régimes** – Plutôt que de construire intellectuellement un régime parfait, Aristote se passionne pour les régimes politiques réels : à partir d'observations très concrètes et d'une documentation impressionnante, il les dénombre, les décrit, les classe selon leurs institutions, et en déduit certaines lois concrètes du fonctionnement des sociétés politiques. Étudiant les moyens de préservation de chaque régime, il va jusqu'à prendre en compte en toute impartialité les méthodes violentes employées par les tyrannies (quoiqu'il dénonce ailleurs la perversion des fins de la politique opérée par ce type de régime).

C. L'IDÉAL POLITIQUE

• **La résistance au temps** – Ce qui fait qu'un régime politique est « bon », ce n'est pas son adéquation à une norme idéale, mais son adaptation aux données concrètes de l'histoire. Un régime inadapté à la réalité se trouve nécessairement sanctionné à long terme par des séditions ou des révolutions. La résistance au temps est un critère réaliste pour définir l'idéal politique, et les meilleurs régimes sont aussi en général les plus durables.

• **La relativité de l'idéal politique** – Il n'y a pas ainsi, comme chez Platon, « un » bon régime dont tous les autres seraient des déviations maladives. Les cités étant toutes différentes par leurs données géographiques, par leur population, par leur culture et leur histoire, on ne saurait fournir un modèle universel de cité idéale. Le bon législateur est au contraire celui qui sait adapter les lois aux conditions particulières de la cité.

• **La classe moyenne** – Il est cependant possible de tracer sommairement les lignes générales des institutions du « bon régime ». Aristote donne sa préférence aux régimes tempérés, qui sont à la fois les plus justes et les plus solides. La bonne Constitution se définit par le rôle que tient la classe moyenne dans la vie politique : la classe moyenne est d'une part la plus nombreuse, et sa participation au pouvoir en garantit la solidité ; elle est d'autre part placée par rapport aux richesses dans un « juste » milieu entre l'opulence excessive et la pauvreté excessive, position modérée qui est la meilleure assurance de justice dans l'exercice de l'autorité politique.

ARISTOTE : TRAITÉ DE L'ÂME

Date : vers 330-323 avant J.-C.
Titre original (grec) : PERI PSYCHES.

Éditions recommandées :
– Universitaire bilingue : trad. E. Barbotin, Les Belles Lettres, 1966.
– Poche : trad. R. Bodéüs, Garnier-Flammarion, 1993.

Conseils de lecture :
– Ouvrages généraux :
J. Moreau, *Aristote et son école*, PUF, 1985r.
D. Ross, *Aristote*, Gordon et Breach, 1971r.
– Ouvrages spécialisés :
G. Rodier, *Commentaire du « Traité de l'âme »*, Vrin, 1985r.
F. Nuyens, *L'Évolution de la psychologie d'Aristote*, Louvain, 1973r.

1. THÈME

Le *Traité de l'âme* se rattache aux traités de biologie d'Aristote, qui constituent près d'un tiers de son œuvre conservée, et traitent des questions relatives aux animaux (classification, anatomie, génération...). Le *Traité de l'âme* porte plus généralement sur l'âme, qu'Aristote définit comme principe de la vie et du mouvement des êtres vivants. Aristote s'intéresse aussi à l'âme humaine, principe d'intelligence : mais, contrairement à Platon, cet aspect n'a qu'une place secondaire et c'est principalement à la vie animale qu'est consacré l'ouvrage.

2. COMMENTAIRES

A. LA DÉFINITION BIOLOGIQUE DE L'ÂME

• **L'âme est quelque chose du corps** – Contrairement à Platon, qui définissait l'âme comme une réalité autonome, séparée du corps et unie accidentellement à lui, Aristote s'intéresse à l'âme en tant que composante essentielle de ce tout indissociable qu'est l'être vivant. Principe de vie, l'âme est immergée dans le

CONSTRUCTION

I. Considérations générales sur l'âme.

A. Les questions à résoudre au sujet de l'âme en général (livre I, ch. 1).

B. Examen des opinions des prédécesseurs (livre I, ch. 2 – ch. 5).

C. Esquisse d'une définition générale de l'âme (livre II, ch. 1 – ch. 3).

II. Étude des différentes facultés de l'âme.

A. L'âme comme principe vital : la nutrition et la génération (livre II, ch. 4).

B. L'âme comme principe sensitif.

1. Considérations générales sur la sensation (livre II, ch. 5 – ch. 6).
2. Description des cinq modes de la sensation (livre II, ch. 7 – ch. 12).
3. Facultés liées à la sensation : le sens commun, l'imagination (livre III, ch. 1 – ch. 3).

C. L'âme comme principe intellectuel.

1. Description du processus de l'intellection (livre III, ch. 4 – ch. 6).
2. L'intellect pratique (livre III, ch. 7).

III. Conclusions sur l'âme (livre III, ch. 8 – ch. 13).

corps : elle est « quelque chose » du corps, qui lui donne cette qualité particulière de « vivant ». Elle dépend ainsi étroitement de l'organisation du corps : une pierre (être naturel inerte) ou une machine (être artificiel) ne peuvent recevoir la vie. D'autre part, la destruction d'un seul organe suffit quelquefois à enlever à l'animal sa qualité essentielle de vivant.

• **L'âme, entéléchie première d'un corps organisé** – Pour définir ce qu'est l'âme par rapport au corps, Aristote esquisse deux comparaisons. Si la hache avait une âme, ce serait la « hachéité », c'est-à-dire son aptitude à trancher ; si l'œil avait une âme, ce serait la capacité de voir. Un œil en pierre n'est œil que par abus de langage et non au sens propre du terme : ce qui définit la hache comme hache ou l'œil comme œil, c'est leur perfection propre (nous dirions aujourd'hui leur « fonction ») : pour l'âme, cette perfection est la vie. C'est ce principe de perfection qu'Aristote nomme « entéléchie », tout en précisant que l'âme est entéléchie « première » (l'entéléchie « seconde » ou « dernière » étant l'exercice des facultés de l'âme). L'âme est ainsi définie comme « entéléchie première d'un corps organisé possédant la vie en puissance ».

B. UNE THÉORIE NON MATÉRIALISTE DE LA VIE

• **Les facultés de l'âme** – La vie ne saurait être réduite à une notion générale et abstraite ; vivre, c'est pour chaque être exercer ses facultés propres. La vie connaît ainsi différents degrés selon les êtres : pour la plante, vivre consiste à se nourrir et à se reproduire ; l'animal, qui doit se déplacer pour chercher sa nourriture, a, de plus, la faculté sensitive ; enfin, l'homme ne « vit » à proprement parler (c'est-à-dire en tant qu'homme) que par l'exercice de sa faculté propre d'intelligence. Parler de l'âme, c'est donc décrire les diverses facultés des êtres vivants.

• **La nutrition** – Même à son degré le plus humble, la vie ne consiste pas en un pur processus mécanique et matériel : se nourrir, ce n'est pas accumuler de la nourriture et croître de façon indéfinie ; c'est transformer cette nourriture de telle sorte qu'elle accroisse les parties du corps selon une limite, une proportion et une harmonie. L'âme est le principe qui réalise cette proportion harmonieuse.

• **La sensation** – De la même façon, Aristote combat les théories matérialistes de physiciens comme Empédocle ou Démocrite, selon lesquelles la sensation serait due au contact des atomes qui émanent de la chose sensible sur l'organe sensoriel : la sensation ne serait alors qu'une altération du sens par le sensible. L'idéalisme platonicien nie lui aussi que nous connaissions par la sensation les choses telles qu'elles sont en elles-mêmes. Pour Aristote, la sensation livre bien la chose elle-même : le sens n'est pas altéré par le sensible, la sensation consistant plutôt dans un passage à l'acte à la fois du sensible et du sentant. Il n'y a d'ailleurs pas contact corporel dans la sensation : il faut au contraire une certaine distance entre le sens et la chose, un « milieu » qui transmet les propriétés sensibles de la chose.

C. L'AMBIGUÏTÉ DU STATUT DE L'INTELLIGENCE

• **Dépendance vis-à-vis des sens** – L'étude de l'intelligence humaine a-t-elle sa place dans un ouvrage de biologie ? La position de l'intelligence est ambiguë : d'une part l'intelligence porte sur des concepts généraux et incorporels, qu'Aristote nomme les « intelligibles » (et qui correspondent en quelque sorte aux Idées de Platon) ; son étude appartient donc plutôt à la métaphysique qu'à la physique ou à la biologie. Mais d'autre part l'intelligence humaine prend sa source dans les images fournies par la sensation et l'imagination (il n'y a pas, pour Aristote, d'intuition directe des vérités intelligibles) : elle est donc indissolublement liée au corps vivant, et semble constituer la fonction vitale la plus élevée. L'intelligence est donc liée au corps par son exercice, tout en étant indépendante du corps par son objet : cette ambiguïté rend particulièrement complexe la résolution du problème de l'immortalité de l'âme, dont la condition essentielle est sa capacité à exercer une activité propre sans le corps.

• **L'intellect en acte** – Notre intelligence ne s'exerce qu'en dégageant les intelligibles des choses sensibles, par une activité d'abstraction. Dans des pages aussi célèbres qu'obscures, Aristote compare cette activité à celle de la sensation : la vision par exemple dégage les couleurs de la chose ; mais pour cela, elle a besoin de la lumière qui rend à la fois la chose « visible » et l'œil « voyant ». L'intelligence a aussi besoin d'un équivalent de la lumière pour rendre « pensables » les choses : les intelligibles n'étant pas, comme pour Platon, séparés des choses sensibles, mais immanents à elles, il faut, pour les penser, qu'ils soient dégagés du sensible. Cette « lumière » intellectuelle, qui pense de façon continue les intelligibles, Aristote l'appelle « intelligence en acte ».

• **L'immortalité de l'âme** – L'intelligence en acte est déclarée séparée et immortelle. Mais cette intelligence est-elle en notre âme ? Quant à l'intellect en puissance (c'est-à-dire notre faculté intelligente), dont nous avons noté l'ambiguïté, est-il, lui aussi, immortel ? Aristote laisse finalement en suspens cette question de l'immortalité de l'âme humaine, dans ces textes qui donneront lieu à de très nombreux commentaires à la période hellénistique et au Moyen Age.

LUCRÈCE : DE LA NATURE

Date : vers 58-57 avant J.-C.
Titre original (latin) : *De natura rerum* (De la nature des choses).

Éditions recommandées :
– Universitaire bilingue : trad. A. Ernout, Les Belles Lettres, 1990r.
– Poche : trad. A. Ernout, Gallimard, coll. « Tel », 1990.

Conseils de lecture :
M. Conche, *Lucrèce et l'expérience*, Mégare, 1990r.
P. Boyancé, *Lucrèce et l'épicurisme*, PUF, 1963.

1. THÈME

De la nature est avant tout un vaste et admirable poème, et un hymne à la nature. La visée est cependant philosophique : l'explication des phénomènes naturels a pour but d'exhorter le dédicataire du poème à se convertir à la sagesse épicurienne. Ainsi chacun des six livres débute-t-il par un éloge d'Épicure, loué à l'égal d'un héros et d'un dieu, et dont Lucrèce veut transmettre fidèlement la pensée sous une forme attrayante. Quoiqu'il nous soit parvenu à l'état corrompu, *De la nature* est l'exposé systématique le plus complet de la philosophie épicurienne dont nous disposions aujourd'hui – les ouvrages d'Épicure étant (à l'exception de trois lettres) tous perdus.

CONSTRUCTION

I. Les corps matériels sont les seules réalités de l'univers.

A. Les atomes sont les principes premiers de l'univers (livre I).

B. Leurs mouvements et leurs combinaisons donnent naissance aux divers corps (livre II).

II. Conséquence : l'âme est corporelle et mortelle.
A. L'âme étant périssable, la mort n'est pas à craindre (livre III).
B. Nos impressions n'ont pas d'autre cause que matérielle (livre IV).

III. Autre conséquence : tous les phénomènes naturels ont des causes matérielles.
A. La providence n'intervient pas dans le devenir de l'univers et de l'homme (livre V).
B. Les phénomènes célestes et les maladies ont une explication matérielle (livre VI).

2. COMMENTAIRES

A. LA PHYSIQUE LIBÈRE L'HOMME DE SES ILLUSIONS ET DE SES CRAINTES

• **Le plaisir, seul bien de l'homme** – La physique de Lucrèce n'a pas un but exclusivement théorique (comme par exemple chez Aristote), mais fait partie d'un édifice dont le sommet est constitué par la morale. L'explication de la nature a pour fonction de procurer à l'homme le bonheur. Beaucoup croient que le bonheur est un rêve impossible à atteindre : c'est parce qu'ils le cherchent trop loin et hors des limites de la nature ; d'où la nécessité de connaître la nature pour être heureux. Le bonheur propre à la nature de l'homme, c'est le plaisir corporel : lui seul est un bien indiscutable, à la portée de l'homme comme de tout animal. Rechercher le plaisir et fuir la douleur, voilà donc la morale du sage. Par les fictions qu'il forge, l'esprit est un obstacle au bonheur car il nous empêche de goûter aux joies pures et simples du corps.

• **L'illusion du désir** – Le thème de l'amour fournit un exemple du premier type de fiction humaine : l'amour naturel, personnalisé par la déesse Vénus (sous le signe de laquelle Lucrèce place son poème), est uniquement physique et consiste dans la satisfaction d'un besoin simple et fini. Mais à côté du plaisir amoureux, il y a l'amour inventé par les hommes, qui nous pousse à désirer un être exclusif et à vouloir nous unir à lui pour former un seul être : fiction non seulement irréalisable, mais néfaste, car corrompant la pureté du plaisir réel par des soucis, des déceptions, des attentes, des humiliations, des jalousies, etc. On le voit, l'homme peut atteindre le bonheur avec très peu de choses : dans sa célèbre description de l'Age d'or, Lucrèce fait le tableau d'hommes simples et frustes, se contentant avec insouciance de plaisirs frugaux. L'homme sage règle donc son désir sur la nature, source de paix et de sérénité.

• **La crainte des dieux** – Le deuxième type de fiction est encore plus néfaste, et la religion en fournit le meilleur modèle. Lucrèce ne nie pas l'existence des dieux : ceux-ci sont des êtres parfaits jouissant d'un bonheur pur, mais ils ne se soucient pas des affaires humaines. Les dieux fournissent ainsi aux hommes le modèle du bonheur autarcique qu'ils doivent atteindre. Ce que Lucrèce critique c'est la perversion de cette vérité. Les hommes se forgent une conception anthropomorphique des dieux, jaloux et sujets à des passions proprement humaines. De là découle la crainte des châtiments dans ce monde et dans l'au-delà, qui nous empêche de goûter aux plaisirs de la nature.

• **Le rôle de la physique** – Pour exorciser ces craintes, la physique doit montrer que les dieux n'interviennent pas dans le monde et dans les affaires humaines. Pas plus qu'il n'y a de providence dans le monde, il n'y a d'intervention divine dans nos rêves ou dans les phénomènes météorologiques. Il n'y a que l'ignorance de la cause réelle des phénomènes naturels que l'explication rationnelle de la physique doit dissiper. La crainte de l'au-delà n'est pas plus fondée : l'âme est mortelle et rien ne peut lui arriver après la mort ; vérité qui, loin de nous inquiéter, doit au contraire nous délivrer et nous permettre de comprendre que le bonheur est à rechercher dans cette vie et dans le présent éphémère.

B. L'EXPLICATION MATÉRIALISTE DU MONDE

• **Les atomes** – Hercule avait débarrassé la terre de ses monstres ; la philosophie de Lucrèce vise un idéal plus haut : purifier le cœur humain. La tâche de la physique est de libérer la nature de toute source de crainte pour l'homme. L'explication de la nature par Lucrèce est purement matérielle : il n'y a pas d'autre réalité que corporelle : le monde est composé de corps insécables et invisibles (les atomes) qui se meuvent perpétuellement de haut en bas dans un univers infini ; une imperceptible déviation de leur trajectoire (la « déclinaison ») leur permet de se combiner entre eux pour donner naissance à des corps visibles. Le mouvement des atomes étant ininterrompu, toute réalité est marquée du sceau du provisoire : rien n'est éternel, ni l'univers qui se recompose toujours, ni notre monde (qui, selon Lucrèce, a atteint sa dernière phase de vieillesse et de décrépitude), ni l'homme.

• **L'âme** – L'âme elle-même n'est qu'un corps composé d'atomes plus subtils, capables de vie et de sentiment : elle est donc périssable comme tous les corps ; sa solidarité avec notre corps (solidarité purement matérielle) est tellement étroite qu'elle ne peut survivre à la mort du corps. L'explication que Lucrèce donne de la connaissance est, elle aussi, purement matérialiste : des choses émanent des particules corporelles (les « simulacres ») ; le choc du simulacre sur notre sens fait naître l'impression sensible en laquelle consiste toute notre connaissance.

• **Les phénomènes naturels** – La même optique matérialiste préside à la description des phénomènes naturels particuliers : orages, arc-en-ciel, éclipses, épidémies ne sont plus interprétés comme des interventions d'esprits ou de dieux dans notre monde, mais comme le résultat de la seule combinaison des atomes.

SÉNÈQUE : LETTRES À LUCILIUS

Date : 62-65 après J.-C.
Titre original : *Senecae ad Lucilium epistulae morales* (Lettres morales de Sénèque à Lucilius).

Éditions recommandées :
– Universitaire bilingue : trad. H. Noblot, Les Belles Lettres, 1985[r] (5 volumes).
– Poche : *Œuvres*, trad. P. Veyne, Laffont, coll. « Bouquins », 1993.

Conseils de lecture :
P. Aubenque et M. André, *Sénèque*, Seghers, 1964.
P. Grimal, *Sénèque*, Fayard, 1991[r].

1. THÈME

Les *Lettres à Lucilius*, dont la quasi-intégralité nous est parvenue (cent vingt-quatre lettres), retracent la correspondance entre Sénèque et son ami Lucilius : Sénèque veut convertir son disciple, tenté par l'épicurisme, à l'austérité de la morale stoïcienne. Les lettres nous font suivre au jour le jour les progrès, les hésitations et les rechutes de l'élève, auxquels Sénèque se montre extrêmement attentif. Plus qu'un penseur original, précis ou profond, Sénèque est un éducateur qui adapte son enseignement à la situation de son élève ; il donne sa propre vie en exemple, l'analysant sans complaisance, et tente de la réformer en même temps que celle de son élève. Les *Lettres à Lucilius* sont ainsi plus qu'un traité stoïcien de morale : elles retracent une expérience philosophique vécue en commun, avec ses succès et ses échecs.

CONSTRUCTION

(Sélection de quelques lettres, ordonnées autour des points principaux de la philosophie de Sénèque)

A. Les conditions de la conversion à la philosophie.

- Retraite et solitude : 7, 8, 10, 14, 18, 19, 22, 36, 68, 72, 73.
- L'amitié et les devoirs qui s'y attachent : 3, 6, 9, 32, 35, 47, 60, 63, 81, 109.

B. L'enseignement moral.

- Le directeur de conscience : 52, 98, 108, 109.
- L'éloquence adaptée à l'édification morale : 38, 40, 75, 100, 114, 115.
- La supériorité des préceptes moraux sur la théorie : 45, 48, 83, 88, 94, 95, 106, 113, 117.

C. La vie philosophique.

- Le mépris de la fortune : 13, 16, 20, 24, 67, 74, 80, 82, 85, 96, 99, 107, 119, 120.
- Le mépris des biens extérieurs : 17, 21, 23, 42, 44, 87, 90, 110, 123.
- Le mépris du corps ; vivre en accord avec la raison : 14, 15, 27, 41, 59, 76, 92, 124.
- Le mépris de la mort : 30, 36, 61, 69, 70, 77, 78, 91, 93, 101, 102.
- La sagesse suprême : 66, 71, 79, 106, 113, 117, 124.

2. COMMENTAIRES

A. LA PHILOSOPHIE, CHEMIN VERS LA SAGESSE

- **L'urgence de la philosophie** – Les thèmes de la fuite du temps et de la proximité de la mort sont récurrents dans les lettres de Sénèque. Il n'est plus possible de gaspiller le peu qui nous reste à vivre : les voyages, les désirs de richesse, d'honneur ou de plaisirs doivent laisser place à la seule recherche de la sagesse qui permet d'accéder au véritable bonheur. Le philosophe est un apprenti qui vise l'idéal de vie proposé par les grands sages (Socrate, Caton d'Utique), et tente quotidiennement de régler sa conduite sur leur exemple.

- **L'enseignement philosophique** – La philosophie ne consiste pas pour Sénèque en un savoir dogmatique de logique et de physique, mais essentiellement en une conversion morale. Les subtilités théoriques, si elles constituent une occupation saine, n'ont pas cette efficacité immédiate qu'offre l'enseignement moral. Le but de l'enseignement philosophique est de transformer le cœur en stimulant l'énergie innée de l'élève : pour cela, le maître doit être à la fois un guérisseur, un examinateur de conscience et un modèle de vie.
- **L'importance des exemples** – L'enseignement moral n'est pas fondé sur des définitions abstraites, mais sur des maximes pratiques illustrées par des exemples concrets. Aux modèles des grands sages Sénèque ajoute des exemples de sagesse à notre portée et les oppose aux faux exemples de sagesse, afin d'entraîner le discernement moral de l'élève. L'éloquence doit être adaptée au but recherché, éviter les effets de style (c'est-à-dire la recherche de beautés littéraires pour elles-mêmes), et rechercher avant tout la persuasion du cœur : pour cela, Sénèque n'hésite pas à accentuer la portée de ses exemples, ni marquer le contraste entre les modèles de vertu et de vice.

B. LE BUT À ATTEINDRE : L'AUTARCIE DU SAGE

- **L'instabilité des biens de la fortune** – Comme toutes les morales antiques, celle de Sénèque a pour but de nous rendre heureux dans ce monde. D'ordinaire, nous fondons notre bonheur sur des choses qui ne dépendent pas de nous, mais de la bonne fortune : la richesse, les honneurs, les plaisirs, la longévité de la vie... Le principal défaut de la fortune, c'est qu'elle est capricieuse : le riche peut perdre sa richesse, le ministre peut être proscrit par un caprice du prince, la maladie, la servitude ou la mort peuvent survenir à tout moment. Pire encore, la simple crainte de perdre un de ces prétendus biens place toute notre vie dans l'angoisse et la terreur.
- **La raison, seul véritable bien** – Le seul bonheur stable est fondé sur des biens qui dépendent de nous. Le sage est maître de

son bonheur parce qu'il ne le tient pas des choses extérieures, mais seulement de lui-même. Le seul bien qui nous est absolument propre, c'est notre raison : pour Sénèque, la raison individuelle n'est qu'une parcelle de la raison universelle qui gouverne le monde, et que les stoïciens nomment Dieu. Vivre en accord avec la raison, c'est donc vivre en accord avec la nature universelle, le monde et Dieu.

• **L'indifférence aux maux extérieurs** – Mais les maux extérieurs à nous ne suffisent-ils pas à rendre vaine la recherche de ce bonheur, exclusivement fondée sur la vertu ? Le sage sera-t-il heureux s'il est pauvre, banni, emprisonné, malade ou supplicié ? Sénèque reprend la thèse stoïcienne de l'indifférence des biens et des maux de fortune : pour le sage, les revers ne sont qu'une occasion d'exercer sa vertu, et donc d'être heureux. Ce qui peut nous arriver n'est en soi ni bon ni mauvais, mais résulte des lois universelles de la nature : c'est notre opinion, non notre raison, qui nous représente la jouissance corporelle comme un bien, et la douleur comme un mal.

• **La mort** – Nulle chose n'est plus universellement crainte que la mort. Mais si la mort même est un mal pour le lâche, elle est un bien pour le sage : Mécène accepterait n'importe quel supplice pour conserver sa vie ; Caton met fin à celle-ci d'une façon exemplaire. Ne pouvant changer l'ordre des choses, le philosophe doit s'en accommoder et réformer son opinion : apprendre à mépriser la fortune, à vaincre la peur de la douleur ou de la mort jusqu'à devenir insensible. Un idéal qui peut sembler hors de notre portée, mais qui fournit le but que nous devons chercher à atteindre quotidiennement durant notre vie.

ÉPICTÈTE : MANUEL

Date : écrit à partir de cours professés vers 108.
Titre original (grec) : ENKHEIRIDION.

Éditions recommandées :

– Universitaire : trad J. Pépin, dans *Les Stoïciens*, Gallimard, coll. « La Pléiade », 1962.
– Poche : trad. M. Meunier, Garnier-Flammarion, 1992.

Conseils de lecture :

– Ouvrages généraux :
G. Germain, *Épictète et la spiritualité stoïcienne*, Éd. du Seuil, coll. « Les Maîtres spirituels », 1964.
J. Moreau, *Épictète*, Seghers, 1964.
– Ouvrages spécialisés :
G. Rodis-Lewis, *La Morale stoïcienne*, PUF, 1970.
A.-J. Voelke, *L'Idée de volonté dans le stoïcisme*, PUF, 1973.

1. THÈME

Le *Manuel* a été rédigé par un élève d'Épictète à partir de cours professés par le maître. Le but de ce court ouvrage est de fournir un outil pratique, à la fois clair, synthétique et concret, destiné être utilisé quotidiennement par celui qui veut progresser sur la voie de la sagesse. Le titre grec que l'on traduit par « manuel » signifie aussi « poignard », c'est-à-dire l'arme qu'il faut porter sur soi pour faire face aux dangers de la vie. Les considérations théoriques sont presque absentes : il s'agit moins d'expliquer ou de démontrer que d'exhorter l'élève à de nouveaux progrès et soutenir son effort.

CONSTRUCTION

I. Les conditions de la liberté intérieure : le contrôle du jugement par la raison (1 – 21).

II. La conduite du philosophe dans la société :
A. quant à son apparence vis-à-vis des autres (22 – 29),
B. quant à ses devoirs sociaux (23 – 47).

III. Conclusion. Urgence d'un engagement dans la vie philosophique (48 – 53).

2. COMMENTAIRES

A. LA CONQUÊTE DE L'AUTONOMIE

• **Ce qui ne dépend pas de nous** – Si le bonheur est la fin que tous les hommes recherchent, bien peu sont capables d'évaluer ce qui y fait obstacle. La plupart croient que le bonheur consiste dans les richesses, les honneurs, la santé ou l'affection d'autrui : ce sont malheureusement des biens dont l'acquisition n'est pas entièrement en notre pouvoir. Faire dépendre son bonheur de l'acquisition de ces biens, c'est le placer dans ce qui est par nature hors de la portée de notre volonté, et se condamner à être toujours malheureux. Le bonheur implique un détachement de tout ce qui est extérieur à notre volonté, ce qui nécessite de notre part une véritable réforme intérieure.

• **Ce qui dépend de nous** – Nous devons donc limiter notre recherche aux seuls biens qu'il dépend de nous d'obtenir. En fait, une seule chose nous appartient en propre : c'est notre représentation, c'est-à-dire l'idée que nous nous faisons des choses. Les choses ne sont en elles-mêmes ni bonnes ni mauvaises, mais le résultat de la nécessité universelle : c'est notre opinion qui nous les représente comme bonnes ou mauvaises, heureuses ou tristes, désirables ou haïssables ; de cette représentation dépendent notre jugement et notre volonté.

• **L'idée et la chose** – La sagesse consiste à prendre pouvoir sur ce qui nous est propre, c'est-à-dire à choisir ses représentations en conformité avec la raison. Pour cela, il faut un effort soutenu et permanent : nous sommes enclins à confondre les idées et les choses, et à faire de nos représentations des êtres absolus, existant indépendamment de nous. Nous pensons que la mort est en elle-même une chose terrible, alors qu'elle n'est qu'une suite de l'ordre général de la nature, et qu'elle n'est mauvaise que dans l'idée par laquelle nous nous la représentons. Il est essentiel de faire la distinction entre la chose et l'idée : c'est parce que le malheur n'est pas dans la chose elle-même mais dans l'idée forgée par notre âme, que nous sommes en mesure de le vaincre. Les choses ne peuvent nous affecter par elles-mêmes : seules le peuvent nos idées, qui sont en notre pouvoir.

● **La soumission à la nécessité** – Ne pouvant changer l'ordre de la nature et le cours du destin, nous serons heureux en y consentant. Cette soumission volontaire aux événements nécessaires et inévitables représente pour Épictète le sens le plus profond de la liberté. C'est en choisissant nos représentations que nous pouvons trouver pour chaque chose celle qui la rend supportable et apte à nous satisfaire. Épictète compare chaque chose ou chaque événement à un vase à deux anses, dont l'une permet de porter le vase, et l'autre non ; le philosophe choisit l'anse la plus aisée à saisir, c'est-à-dire qu'il considère chaque événement selon la représentation qui lui permettra de ne pas faire obstacle à son bonheur. Par exemple, si son frère a commis une injustice envers lui, il le considérera sous la représentation de la fraternité, et non sous celle de l'injustice.

B. UN GUIDE POUR LE PHILOSOPHE EN SOCIÉTÉ

● **Vivre en société** – Se détacher de tout ce qui est extérieur à notre volonté pourrait impliquer aussi de se détacher de la société, comme c'est le cas par exemple chez les cyniques. Il n'en est rien pour Épictète : le destin nous a placés à tel endroit et attribué un rôle précis qu'il ne nous appartient pas de modifier. Le stoïcien ne refuse donc pas la vie sociale, mais il refuse par contre que celle-ci pèse sur sa liberté intérieure et fasse obstacle à sa progression vers la sagesse. Le *Manuel* tente de définir le juste équilibre entre la vie sociale et la préservation de l'autonomie.

● **L'image extérieure du philosophe** – Épictète établit certaines règles fondamentales pour une discipline en société : les relations sociales doivent être réduites au strict minimum imposé par les convenances. Sans se dérober aux devoirs de l'amitié, le philosophe reste discret et modéré dans ses rapports avec les autres. Il soigne l'image de sa personne, qui doit être en toutes circonstances digne et grave, mais il ne s'occupe pas de juger les autres, ni ne tente de les convertir à la philosophie par ses discours.

• **L'obstacle social** – La vie sociale est aussi une tentation permanente non seulement de se laisser vaincre par des plaisirs illusoires, mais surtout d'aliéner sa volonté en s'investissant dans une apparence extérieure. Il faut avant tout garder sa liberté intérieure, qui s'exerce par le contrôle des représentations. Pour cela, il ne faut ni céder à l'ambition, ni se soucier des injures d'autrui : c'est à l'intérieur de lui-même, et non dans une image vaine, que le philosophe trouve le principe du bonheur.

SEXTUS EMPIRICUS : HYPOTYPOSES PYRRHONIENNES

11

Date : IIIᵉ siècle.
Titre original (grec) : PYRRHONEION HYPOTYPOSEON.

Édition recommandée :

Trad. G. Goron, dans *Œuvres choisies de Sextus Empiricus*, Aubier Montaigne, 1948.

Conseils de lecture :

V. Brochard, *Les Sceptiques grecs*, Vrin, 1981.
M. Conche, *Pyrrhon ou l'apparence*, Mégare, 1973.
J.-P. Dumont, *Le Scepticisme et le phénomène*, Vrin, 1985ʳ.

1. THÈME

Les *Hypotyposes* – ou « esquisses » – sont un résumé de la doctrine de l'école sceptique fondée par Pyrrhon (IVᵉ-IIIᵉ siècles avant J.-C.), rédigé par un disciple postérieur de sept siècles, dont on ne sait rien sinon qu'il s'appelait Sextus et qu'il était médecin de la secte des « empiriques » (qui accordaient plus d'importance à l'expérience qu'à la théorie générale). La caractéristique des sceptiques est de refuser toute affirmation quelle qu'elle soit, et de confesser une ignorance totale. Ces principes, parce qu'ils choquent l'opinion commune, doivent être non seulement exposés, mais aussi expliqués et défendus contre tous ceux qui croient que la connaissance est accessible à l'homme, et que Sextus nomme de façon générale les « dogmatiques ». Plus qu'un résumé doctrinal, l'ouvrage est un traité de polémique contre tous les systèmes philosophiques traditionnels.

CONSTRUCTION

I. Définition du scepticisme (livre I).

A. Ses principes fondamentaux : en quoi ils diffèrent de ceux des dogmatiques.

1. Le scepticisme est une philosophie du doute (1 – 5).
2. Il aboutit à la suspension du jugement (6 – 10).
3. Le scepticisme est aussi une sagesse conduisant à l'ataraxie ou à l'abolition des passions (11 – 12).

B. Ses arguments : la relativité de toute vérité (13 – 17).

C. Son langage : le sceptique s'abstient de toute affirmation et fait aveu d'ignorance (18 – 28).

D. Sa différence vis-à-vis d'écoles de doctrines apparemment proches (29 – 34).

II. Les arguments sceptiques contre les dogmatiques (livre II – livre III).

A. Contre la logique des dogmatiques (livre II, 1 – 22).

1. La connaissance de la vérité est impossible :
   - l'homme n'est pas une référence (3 – 5) ;
   - les sens et l'entendement ne sont pas des instruments fiables de connaissance (6 – 7) ;
   - l'évidence n'est pas un critère de vérité (8 – 9).
2. La démonstration est impossible :
   - les signes ne démontrent pas (10 – 11) ;
   - arguments contre les différentes opérations logiques (12 – 22).

B. Contre la physique des dogmatiques (livre III, 1 – 20).

1. Les causes premières sont inconnaissables (1 – 5).
2. La nature des corps est inconnaissable (6 – 8).
3. L'existence du mouvement est indémontrable (9 – 17).
4. La réalité du lieu, du temps et du nombre est indémontrable (18 – 20).

C. Contre l'éthique des dogmatiques (livre III, 21 – 32).

1. Le bien et le mal sont relatifs (21 – 23).
2. Il n'y a pas de consensus sur la bonne façon de régler sa vie (21 – 26).
3. Rien ne peut être enseigné (27 – 32).

2. COMMENTAIRES

A. LA SUSPENSION DU JUGEMENT

• **Le doute** – Ce n'est pas sur un contenu doctrinal que l'école sceptique s'oppose aux autres écoles : platoniciens, aristotéliciens, épicuriens ou stoïciens enseignent des principes différents, mais ils s'accordent au moins en ceci qu'ils prétendent fournir une doctrine reposant sur la connaissance de la nature des choses. C'est cette possibilité même d'accéder à la vérité que conteste la philosophie sceptique. Se fondant sur le principe qu'à toute raison on peut opposer une raison égale, le sceptique doute de tout, allant même jusqu'à douter de l'affirmation selon laquelle « rien ne peut être connu » et avouer son ignorance sur ce point.

• **Réalité et apparence** – Sextus définit cette pratique du doute comme une « époké », c'est-à-dire une suspension de l'esprit à l'égard de la vérité. L'esprit s'abstient de juger, d'affirmer ou de nier quoi que ce soit. Sextus pose cependant une limite à cette indécision : le sceptique accepte l'apparence, c'est-à-dire qu'il recueille la façon dont les choses se présentent à lui sans porter aucune affirmation sur ce qu'elles sont en réalité. Je peux par exemple dire que ce miel produit en moi une impression de douceur, mais je ne peux affirmer (ni nier) que cette douceur soit une propriété du miel. Toute doctrine philosophique, en tant qu'elle découle d'une spéculation sur le monde, est ainsi refusée.

• **L'ataraxie** – Le scepticisme ne se limite pas à une critique de la connaissance, mais prétend fournir une sagesse positive, et donner à l'homme les conditions du bonheur. Au contraire de la philosophie traditionnelle qui fonde la sagesse sur la connaissance de l'Être, le sceptique la fonde sur l'aveu de son ignorance. Le sceptique se limite aux phénomènes : il est touché par la faim, la soif ou la douleur physique; mais il s'abstient de juger si la faim, la soif ou la douleur sont en soi des maux ou des biens. Réduit aux impressions présentes, il n'éprouve ni espoir ni crainte, états psychologiques en lesquels consiste l'essentiel de nos tourments. Le but de cette suspension du jugement est la sérénité parfaite de l'âme, exempte de toute passion et de tout trouble.

B. LA POLÉMIQUE CONTRE LES DOGMATIQUES

• **Les arguments sceptiques** – Les *Hypotyposes* justifient le doute des sceptiques par une critique de toutes les philosophies « dogmatiques ». Sextus ne s'attaque pas aux détails des doctrines : il préfère démontrer que toute connaissance quelle qu'elle soit repose sur des fondements instables ; les différents « tropes » ou « modes » sceptiques sont les arguments généraux que l'on peut opposer à toute prétention dogmatique, démontrant que l'évidence n'a pas le caractère universel et éternel qui permettrait d'en faire un critère de vérité.

• **La relativité de la connaissance** – Les principaux arguments sceptiques portent sur la relativité de la certitude par rapport au sujet et à ses instruments de connaissance ou par rapport à l'objet à connaître. Toute certitude se rapporte à un être qui connaît et juge ; mais la constitution des êtres varie d'une espèce à l'autre, et quelquefois d'un individu à l'autre : comme nous ne jugeons que par rapport à nous-mêmes, il nous est impossible de trancher dans les cas de désaccord. Nos instruments de connaissance, qui sont les sens et l'entendement, ne sont pas fiables, car ils varient selon les individus et le temps. L'objet de la connaissance, enfin, est toujours fluctuant et dispersé, et il est impossible de le saisir sous des concepts et des lois générales.

• **La critique de la causalité** – La critique que Sextus fait du signe permet de mieux comprendre la limite de notre jugement. Nous prétendons connaître une chose soit parce qu'elle tombe directement sous nos sens, soit parce que nous la déduisons de ce qui tombe sous nos sens. Il y a pour Sextus un bon usage du signe lorsque, par exemple, voyant de la fumée au loin, nous associons cette image à celle du feu, nous remémorant avoir déjà vu les deux phénomènes simultanés. Le mauvais usage du signe consiste à lui faire démontrer la présence d'une chose qui est par nature cachée (et non par accident, comme c'est le cas du feu au loin), comme, par exemple, lorsque d'un mouvement corporel nous concluons à un état de l'âme. La recherche des causes premières et invisibles de la nature, qui fait l'objet de la physique, est ainsi impossible.

• **La relativité de la morale** – Les arguments sceptiques s'appliquent non seulement à la connaissance, mais aussi à la morale. La simple constatation du désaccord des écoles philosophiques au sujet de la nature du bien suffit à jeter le doute sur toute certitude morale : rien n'est en soi bien ou mal, bon ou mauvais, permis ou défendu. Le sceptique se contente d'adhérer aux phénomènes, en se fiant à ses impressions sensibles d'être vivant ; il évite ce qui procure de la peine et recherche ce qui procure du plaisir, sans affirmer que telle chose est bonne ou mauvaise par nature. En s'abstenant de toute opinion à l'égard des choses, il évite toute passion qui pourrait troubler la tranquillité de l'âme, et garde la mesure dans ses actions.

12 AUGUSTIN : LA CITÉ DE DIEU

Date : 412 – 426.
Titre original (latin) : *De civitate Dei.*

Éditions conseillées :
– Universitaire bilingue : trad. G. Combès, Desclée De Brouwer, 1959-1960 (5 volumes).
– Poche : trad. L. Moreau, Éd. du Seuil, coll. « Points Sagesses », 1994 (3 volumes).

Conseils de lecture :
– Ouvrages généraux :
E. Gilson, *Introduction à l'étude de saint Augustin*, Vrin, 1987r.
H. I. Marrou, *Saint Augustin et l'augustinisme*, Éd. du Seuil, 1978.
– Ouvrages spécialisés :
E. Gilson, *Les Métamorphoses de la cité de Dieu*, Nauwelaerts, 1952.
H. I. Marrou, *L'Ambivalence du temps et l'histoire chez saint Augustin*, Vrin, 1950.

1. THÈME

La Cité de Dieu est un ouvrage de polémique dirigé contre les adversaires de la religion chrétienne, officialisée depuis près d'un siècle dans l'Empire romain. Le sac de Rome en 410 par les Barbares, événement d'une portée symbolique considérable, fournit le prétexte de la dispute : selon les païens, le Dieu chrétien n'a pas su sauvegarder l'empire, dont les dieux traditionnels avaient assuré la prospérité pendant des siècles. Pour répondre, Augustin montre que la providence divine s'exerce en permanence dans l'histoire, même lorsqu'il est difficile d'en comprendre le sens. La polémique est le point de départ d'une longue interprétation de l'histoire universelle, dont la clef sera l'opposition entre la cité céleste des élus et la cité temporelle sur la terre. Plus généralement, la réflexion porte sur le rapport entre le monde spirituel et le monde temporel.

CONSTRUCTION

I. Critique des doctrines opposées à la religion chrétienne.

A. Inutilité des dieux païens à la prospérité de l'État.

1. Introduction : supériorité du Chrétien dans l'épreuve commune (livre I).
2. Les dieux païens n'ont pas protégé la Rome pré-impériale :
   - des maux moraux (livre II) ;
   - des maux matériels (livre III).
3. La prospérité de l'Empire romain est due à la providence divine (livre IV – livre V).

B. Inutilité des dieux païens au salut de l'âme.

1. Critique des théologies mythologiques et civiles (livre VI – livre VII).
2. Critique de la théologie philosophique des platoniciens (livre VIII – livre X).

II. Présentation de la doctrine professée par l'Église chrétienne.

A. Origine des deux cités : la cité divine et la cité terrestre.

1. Les deux cités chez les anges : le problème de l'origine du mal (livre XI).
2. Origine des deux cités humaines (livre XII – livre XIV) :
   - de la cité du bien : la création de l'homme par Dieu (livre XII) ;
   - de la cité du mal : le péché d'Adam et ses conséquences (livre XIII – livre XIV).

B. Développements et progrès des deux cités.

1. Histoire du peuple de Dieu jusqu'à la naissance du Christ (livre XV – livre XVII).
2. Synchronisme avec l'histoire des empires païens (livre XVIII).

C. Les fins des deux cités.

1. Sur terre : la possibilité d'une coexistence pacifique des deux cités (livre XIX).

2. Au ciel :
- la séparation des deux cités par le Jugement dernier (livre XX) ;
- la fin de la cité terrestre : la damnation éternelle des réprouvés (livre XXI) ;
- la fin de la cité céleste : la béatitude éternelle des élus (livre XXII).

2. COMMENTAIRES

A. LA PROVIDENCE DIVINE GOUVERNE L'HISTOIRE

- **Fausseté des conceptions traditionnelles de la providence** – Que les dieux interviennent dans les affaires humaines, c'était là une croyance répandue dans l'Antiquité : on voyait dans la prospérité le signe d'une faveur particulière, et dans le malheur le signe d'un châtiment divin. Cette conception simpliste de la providence est refusée par Augustin : l'expérience commune montre que les bons et les méchants subissent les mêmes destinées sur la terre ; s'ils doivent être séparés, ce ne peut être que dans l'au-delà. D'ailleurs, le juste ne recherche pas la prospérité matérielle mais la béatitude éternelle promise par le Christ : la providence ne saurait donc s'exercer à partir de récompenses et de punitions terrestres.
- **La construction de la cité de Dieu** – Les affaires terrestres ne sont pourtant pas insignifiantes, et l'on peut y déceler le signe d'une providence. Il faut, pour cela, replacer chaque événement au sein de la grande histoire humaine, qui se déroule depuis la Création jusqu'au futur jour du Jugement dernier. Prise dans sa globalité, l'histoire nous révèle le grand projet divin : la béatification éternelle de la cité de Dieu. Ce projet était celui de la Création : appeler les hommes à former une union dans l'amour du Créateur. Mais le péché originel a donné naissance à la cité du mal, fondée sur l'orgueil, la volonté de posséder et de dominer. L'histoire depuis le péché est donc celle de la rédemption de l'humanité déchue et de la restauration du projet initial : reconstruire la cité céleste avec le plus grand nombre d'élus.
- **Le sens de l'Histoire** – Ce n'est donc pas sur terre, mais dans

le ciel – c'est-à-dire en les rapportant à leur sens spirituel – qu'il faut chercher la clef de l'interprétation des événements historiques. L'histoire du monde est celle de la cité de Dieu dans son pèlerinage sur la terre, et mélangée à la cité terrestre. A chaque époque et en tous lieux les événements de l'histoire humaine marquent de nouveaux progrès de cette cité de Dieu : la prospérité de l'Empire romain fut une incitation à prolonger les vertus naturelles de Rome par la foi chrétienne, tout comme les persécutions de Néron furent l'occasion pour les martyrs de donner un exemple de la solidité de la foi.

B. COEXISTENCE DES DEUX CITÉS SUR LA TERRE

• **Les fins des deux cités** – Sur la terre, la cité de Dieu est mélangée à la cité terrestre. La distinction ne se fera qu'au Jugement dernier, jour de la fondation de la cité céleste qui réunira les élus de toute époque et de tous pays en une seule communauté. Sur la terre, le mélange des deux cités pose un problème étant donné les fins radicalement différentes de leurs membres (amour de Dieu pour la cité divine, amour de soi pour la cité terrestre) : comment le chrétien, qui a renoncé à tout bien matériel, peut-il – et doit-il – vivre dans un monde gouverné par l'ambition et la cupidité ?

• **Leur intérêt commun : la paix** – Augustin n'en reste pas à cette opposition extrême, et cherche à concilier les deux cités sur cette terre. Si les fins sont opposées, elles n'en reposent pas moins sur une condition commune : la paix, qui est profitable à tous, aux justes comme aux méchants. Les malfaiteurs eux-mêmes ont besoin d'une certaine concorde entre eux pour réussir leurs activités criminelles ; dans un tout autre sens, le chrétien recherche aussi la paix, dans l'amour du prochain.

• **La république chrétienne** – La cohabitation est donc possible entre les deux cités sur la terre. Le chrétien doit obéir au prince, qui est le garant de la concorde dans l'État ; de son côté, le bon prince doit aménager au mieux les conditions du pèlerinage terrestre de la cité céleste et favoriser la foi chrétienne : ce n'est qu'à cette condition qu'une cité mérite véritablement le nom de « république ». Ce modèle politique inspirera l'idée monarchique médiévale d'un État soumis à son prince, lui-même soumis à l'Église dont il est le prolongement temporel.

13 THOMAS D'AQUIN : SOMME CONTRE LES GENTILS

Date : 1258-1264.
Titre original (latin) : *Summa contra Gentiles.*

Éditions recommandées :
– Non bilingue : trad. R. Bernier, M. Corvez *et al.*, Cerf, 1993.
– Bilingue : trad. P. Lethielleux, 1951-61.

Conseils de lecture :
– M. D. Chenu, *Saint Thomas et la théologie*, Éd. du Seuil, 1977.
– E. Gilson, *Le Thomisme*, Vrin, 1989r.

1. THÈME

La polémique n'est pas l'intention première de la *Somme contre les gentils*, mais elle en est plutôt le prétexte. Le terme de « gentils », traditionnellement synonyme de « païens », désigne ici un ensemble assez vague d'adversaires, composé tant des philosophes antiques et arabes que de théologiens hérétiques. Contre ceux qui rejettent l'Écriture et les dogmes, Thomas d'Aquin tente de fonder la théologie chrétienne sur la raison : la raison ne peut certes pas se substituer entièrement à la foi, mais elle est cependant capable d'atteindre une certaine connaissance de Dieu. La philosophie, telle qu'Aristote la définit, est la recherche rationnelle des premiers principes des choses : c'est en tant que principe suprême de toute chose que Dieu peut donc être connu par la raison humaine. La *Somme contre les gentils* tente ainsi de faire la synthèse entre la philosophie d'Aristote et la dogmatique chrétienne pour fonder une véritable sagesse chrétienne.

CONSTRUCTION

Introduction. Le rapport de la raison et de la foi (livre I, ch.1 – ch. 9).

I. Ce que la raison connaît de Dieu en lui-même (livre I).

A. Son existence (ch. 10 – ch. 13).

B. Sa nature.

1. Comment on parvient à une connaissance de la nature de Dieu :
   - la voie négative (ch. 14 – ch. 27) ;
   - la voie analogique (ch. 28 – ch. 36).
2. Principaux attributs que la raison connaît de Dieu :
   - son amour (ch. 37 – ch. 43) ;
   - la nature de son intellect (ch. 44 – ch. 71) ;
   - la nature de sa volonté (ch. 72 – ch. 81) ;
   - ses vertus et sa béatitude (ch. 89 – ch.102).

II. Ce que la raison connaît de Dieu comme créateur (livre II).

A. L'acte divin de création (ch. 1 – ch. 38).

B. Le principe de la distinction des créatures (ch. 39 – ch. 45).

C. La nature des créatures intellectuelles :

1. les créatures intellectuelles en général (ch. 46 – ch. 55) ;
2. les créatures intellectuelles unies à un corps : l'âme humaine :
   - son union naturelle avec le corps (ch. 56 – ch. 78) ;
   - son immortalité (ch. 83 – ch. 90) ;
3. les créatures intellectuelles séparées de tout corps : les anges (ch. 91 – ch. 101).

III. Ce que la raison connaît de Dieu comme ordonnateur de la Création (livre III).

A. Dieu comme fin de toute chose :

1. de la création entière (ch. 1 – ch. 24) ;
2. en particulier de la connaissance des créatures intellectuelles (ch. 25 – ch. 63).

B. Le gouvernement divin de l'univers (la providence) :
1. naturellement, par l'intermédiaire des causes secondes (ch. 64 – ch. 97).
2. surnaturellement, par l'action directe sur les créatures (ch. 98 – ch. 110).

C. Le gouvernement divin des hommes.
1. Par les lois que la nature imprime dans la raison humaine (ch. 111 – ch. 146).
2. Par la grâce particulière de Dieu (ch. 147 – ch. 163).

IV. Ce que la raison ne peut pas comprendre de Dieu, mais qui nous a été révélé (livre IV).

A. Le mystère de la Trinité (ch. 2 – ch. 26).

B. Le mystère du salut.
1. L'Incarnation (ch. 27 – ch. 54).
2. Les sacrements (ch. 55 – ch. 78).

C. Le mystère de la résurrection (ch. 79 – ch. 97).

2. COMMENTAIRES

A. LA CONNAISSANCE DE DIEU

• **Connaître Dieu à partir des créatures** – Comme Aristote, Thomas pense que notre intelligence est incapable d'accéder à une connaissance directe des réalités immatérielles, qu'elle est intimement liée à la sensation, et qu'elle n'a directement accès qu'aux êtres sensibles. Une telle conception distingue la philosophie thomiste des théologies inspirées du platonisme ou du mysticisme, qui prétendent qu'une intuition directe de Dieu est possible en ce monde : pour Thomas, une telle vision intellectuelle, qui constitue le bonheur suprême de l'homme, n'est envisageable qu'après la mort, et à l'aide d'une grâce surnaturelle de Dieu. Dans la vie présente, notre connaissance suit ainsi un ordre inverse à celui de l'être : nous partons des choses sensibles, et, par le raisonnement, remontons péniblement et imparfaitement à leur principe. Nous ne connaissons ainsi Dieu que par ses effets, c'est-à-dire par les créatures sensibles qui font l'objet de notre expérience quotidienne.

• **L'existence de Dieu** – Quelque imparfaite que soit notre intelligence de Dieu, elle n'en est pas pour autant inconsistante. Nous pouvons tout d'abord prouver que Dieu existe, comme cause première des êtres et de leur mouvement. Premier moteur de la nature, Dieu est l'être absolument immobile (c'est-à-dire non lui-même mû par un autre moteur), parfaitement achevé et incapable de progrès : Thomas dit qu'en Dieu coïncident être et essence ; si l'essence d'une créature reste toujours à réaliser (l'homme est un être raisonnable, mais il doit aussi le devenir), celle de Dieu est acquise de toute éternité.

• **Théologie négative et méthode analogique** – Nous connaissons aussi quelques-uns des attributs de Dieu. Par la voie de la théologie négative, qui consiste à nier en Dieu les imperfections des créatures, nous concevons l'infinité du Créateur. La méthode analogique consiste à élever à l'infini divin les perfections que nous concevons à l'état fini et imparfait dans les créatures : bonté, intelligence, liberté, béatitude, etc. Une telle méthode suppose qu'il y a une certaine ressemblance, ou une certaine proportion, entre le Créateur et ses créatures, que Dieu manifeste quelque chose de ses perfections dans son ouvrage.

B. LE SOUCI DE LA PERSONNE HUMAINE

• **La dignité de la créature** – Pour Thomas d'Aquin, les choses de notre monde ne sont pas, comme le pensent les idéalistes platoniciens, de simples ombres de l'être. Il est vrai que Dieu seul *est*, au sens plein du terme (c'est-à-dire au sens où il est parfaitement, toujours achevé) : mais, par la Création, Dieu communique de l'être aux créatures, leur donne une existence propre et un certain pouvoir d'action ; les créatures sont ainsi des substances véritables, non des apparences.

• **L'homme, auxiliaire de Dieu** – Parmi ces substances, l'homme se trouve dans une situation particulière, à la limite supérieure de substances matérielles, et à la limite inférieure des substances spirituelles (les anges). L'homme a non seulement le pouvoir de produire son action par lui-même mais aussi de la diriger selon sa propre volonté. Les autres créatures matérielles sont des outils de Dieu : l'homme en est l'auxiliaire et est appelé à en être le collaborateur. Par cette liberté, l'homme est aussi capable de mériter et de démériter : sa dignité le rend responsable de son agir.

• **La substantialité du composé humain** – Cette valorisation de la personne humaine conduit Thomas à combattre les conceptions platoniciennes de l'homme comme union accidentelle et provisoire d'une âme et d'un corps. Pour Thomas, l'âme humaine a besoin, par sa nature même, du corps pour connaître, puisqu'elle ne peut connaître que grâce aux sens. Le corps n'est pas un obstacle mais un outil pour l'âme. Contrairement à ce que croient les platoniciens, la nature de l'âme intelligente n'est pas incompatible avec son union avec un corps : l'âme intelligente est elle-même « forme » du corps, quoiqu'elle soit capable d'atteindre des réalités incorporelles, universelles et intelligibles.
• **L'âme humaine, principe de la pensée** – Le philosophe arabe Averroès est particulièrement visé par ces critiques. Ne pouvant admettre cette union naturelle entre l'intelligence et le corps humain, il a cru que l'intellect était séparé des hommes, que tous les individus pensaient par un intellect qui était hors d'eux et unique pour toute l'humanité. La psychologie thomiste aboutit à faire de chaque individu le véritable principe de sa pensée : ce n'est pas l'intelligence qui pense en l'homme mais bien l'homme qui pense personnellement par son intelligence. La valorisation de l'homme passe donc par l'affirmation de la réalité substantielle du composé humain (âme et corps) et de l'ambiguïté de la personne humaine, trait d'union entre deux mondes apparemment opposés.

ANNEXE

CORRESPONDANCE DES NOTIONS DU PROGRAMME DE TERMINALE ET DES ŒUVRES TRAITÉES DANS CET OUVRAGE

Remarques :

- La liste des notions est celle du programme de terminale A : les autres sections ont un programme plus restreint, mais leurs notions sont toutes comprises dans cette liste.
- Les numéros renvoient aux fiches : les numéros en caractères gras indiquent qu'il s'agit d'un des thèmes majeurs de l'œuvre ; les autres indiquent que le thème est traité parmi d'autres au sein de l'œuvre.

L'homme et le monde

La conscience : 1, 9.
L'inconscient : 2, 4.
Le désir, les passions : **1**, 3, 5, 8, **9**, **10**, 11.
L'illusion : **3**, **8**, 11.
Autrui : **3**, 4, 6, 10, 12.
L'espace, la perception : 2, 3, 7, 8.
La mémoire, le temps : 2, 4, 7, 8, 12.
L'existence, la mort : 1, **2**, 3, 7, 8, **9**, 10, 12.
Nature et culture : **1**, **3**, **6**, 8, 9, 12.
L'histoire : 3, 6, **12**.

La connaissance et la raison

Le langage : **4**, 8.
L'imagination : 2, 3, **7**, 8, 9, 10.
Le jugement, l'idée : **2**, **3**, 7, 8, 9, **11**.
La formation des concepts scientifiques : 2, 8.
Théorie et expérience : 3, 5, 6, 10, **11**.
Logique et mathématique : 3, **11**.
La connaissance du vivant : 2, **7**, 8.
Constitution d'une science de l'homme : 3, 6, 9.
L'irrationnel, le sens, la vérité : 1, 3, 8, 10, 11, 12.

La pratique et les fins

Le travail, les échanges : 3, **6**.
La technique, l'art : 1, 3, 5, 6.
La religion : 2, **8**, **12**, 13.
La société, l'État : 1, **3**, **6**, 10, **12**.

Anthropologie

Métaphysique

Philosophie

RÉALISATION : ATELIER GRAPHIQUE DES ÉDITIONS DE SEPTEMBRE À PARIS
IMPRESSION : AUBIN IMPRIMEUR À POITIERS
DÉPÔT LÉGAL FÉVRIER 1996. N° 23030 (L 50641)